苏青 著

我茫然剩留在寂寞大地上

浙江文艺出版社
Zhejiang Literature & Art Publishing House

图书在版编目（CIP）数据

苏青：我茫然剩留在寂寞大地上 / 苏青著 . —杭
州：浙江文艺出版社，2024.5
ISBN 978-7-5339-7487-9

Ⅰ . ①苏… Ⅱ . ①苏… Ⅲ . ①散文集—中国—
当代 Ⅳ . ①I267

中国国家版本馆CIP数据核字（2024）第034486号

统　　筹	王晓乐	封面设计	广　岛
责任编辑	汤明明	封面插画	Stano
责任校对	牟杨茜	营销编辑	张恩惠
责任印制	张丽敏	数字编辑	姜梦冉　诸婧琦

苏青：我茫然剩留在寂寞大地上

苏青 著

出版发行	浙江文艺出版社
地　　址	杭州市环城北路177号
邮　　编	310006
电　　话	0571-85176953（总编办）
	0571-85152727（市场部）
制　　版	杭州天一图文制作有限公司
印　　刷	浙江新华印刷技术有限公司
开　　本	880毫米×1230毫米　1/32
字　　数	132千字
印　　张	7.875
插　　页	1
版　　次	2024年5月第1版
印　　次	2024年5月第1次印刷
书　　号	ISBN 978-7-5339-7487-9
定　　价	39.80元

出版说明

自五四新文化运动以来，中国文学面目一新。在中西方文化的碰撞与融合中，小说、诗歌、戏剧等文学形式完成蜕变与新生，而散文以其自由自在的天性，踵事增华，其成果蔚为大观。

郁达夫认为，较之古代的"文"，现代中国散文有三点特异之处，即"'个人'的发见""内容范围的扩大""人性，社会性，与大自然的调和"（《中国新文学大系·散文二集·导言》）。散文家们兼收并蓄，将万事万物融于一心，"以我手写我口"，取径不同，或叙事、抒情、议论，或写人、描景、状物；风格各异，或蕴藉、洗练、飞扬，或磅礴、绮丽、缜密。就应用而言，以学识、阅历、心境为核心的小品文，以小见大，言近旨远，张扬个人性情；以观察、讽刺、同情为底色的杂文，见微知著，刚柔相济，召唤战斗精神……种种流派，非止一端。

为了给当代读者提供一套选目得当、编校精良的散文选本，我们推出"名家散文"系列，从灿若星辰的中国现代散

1

文家中遴选出一批作者，精选其散文创作中的经典作品，结集成册，以飨读者，或可视作对百年现代中国散文的一次阶段性回顾与总结。我们相信，尽管这些作品产生的背景千差万别，但其呈现的智识与感性、追求与希冀，是跨越时空而能与读者共鸣的。我们也相信，经典之所以为经典，因其经得起时间的汰洗，这里的文章，初读，是迎面撞上万千世界，吉光片羽，亦足珍惜；再读，则是与无数智者的重逢，向内发现自己，向外发现众生。

文学的历史同时也是一部语言文字的历史，而汉语的标准化也随着时间的推移不断地演变、更新。五四白话文运动以来，文学语言流动而多变，呈现出丰富和复杂的样貌。文字、词汇、语法的繁芜丛杂背后，是思想文化的多元与活跃，也是作家不同审美取向和个人风格的展现。因此，我们在编辑过程中尽量尊重文章原刊或初版时的面貌，使读者能够感受到语言的时代特色，比如"的""地""底"共存的现象。同时，考虑到读者尤其是学生的阅读需求，我们按当下的规范做了有限度的修订。

编辑出版工作中难免存在不足之处，热忱欢迎广大读者批评指正。

浙江文艺出版社

目　录

谈婚姻及其他

自己的文章

外婆的旱烟管

我仍旧茫然剩留在寂寞大地上。

豆酥糖

我的桌上常放着四包豆酥糖，我想想不要吃，却又舍不得丢掉。

那豆酥糖，是和官哥上星期特地赶从爱而近路给我送过来的。他见了我，也不及寒暄，便小心地把豆酥糖递到我手里，说道："这是大毛婆婆叫我带来给你的，我上个月刚到宁波去过，昨天才回来。"说完，便告辞一声，想回家去了，因为拉他来的黄包车还等在门口。

我死拖住他不放，一面叫用人打发车子先走。于是他便坐了下来，告诉我关于故乡的一切。"这豆酥糖，"最后他的话又落到本题上来，"是道地的山北货。有人送给你祖母，大毛婆婆她自己舍不得吃，一定要我带出来给你。她说：'阿青顶爱吃豆酥糖，从小跟我一床睡时，半夜里醒来闹着要下床，我撮些豆酥糖屑末放在她嘴里，她便咕咕咽着不再响了……'"

我听着有些难为情，就搭讪地插口进去问："和官哥，我祖母近来身体还好吧？"

和官哥偏头想了想，答道："大毛婆婆身体倒好，不过年纪大了，记性总差些。"

于是他告诉我一个故事：就是这次她托他带豆酥糖来给我时，她还一定要留住他吃些点心去。于是，和官哥说，她在自己枕头底下摸索了好久，摸出一只黑绒线结的角子袋儿。她小心地解开了袋口，掏出几张票来瞧过又瞧，最后拣定一张旧的绿颜色的，交到我弟弟手里吩咐道："阿祥，这一角钱……一角不会错吧？……你快拿去买十只包子来，要热的。……和官哥给你姊姊带豆酥糖去，我们没得好东西请他吃……粗点心，十个包子……一角钱捏得牢呀……"我的弟弟听了，笑不可仰，对和官哥挤挤眼，便跑去了。一会儿，跳跳蹦蹦的捧进碗包子来。我的祖母拣了两只给和官哥，又拣两只给我弟弟，一面叽咕着："一角钱十只包子还这么小……一角钱十只，一分钱一只……一分就是三个铜板哩，合起铜钱数来可不是……"我的弟弟听着更加笑得合不拢嘴来，连最后半口包子都噎住在喉头了，和官哥也觉得好笑，他说："后来你弟弟告诉我，宁波包子再便宜也要卖到五角钱一只，而且你祖母给他的又是一张旧中央银行的角票，就打对折算做五分，人家也不大肯要。"

我听着听着也想笑出来了，但是低头看见手里拿的四包豆酥糖，笑容便自敛住，不久和官哥告辞回去，我便把这四包豆酥糖端端正正的放在桌上。

这豆酥糖因为日子多了，藏的地方又不好，已经潮湿起来，连包纸都给糖水渗透了。我想，这是祖母千里迢迢托人带来，应该好好把它吃掉，但又想，潮湿的东西吃下去不好，还是让它搁着做纪念吧。

于是，这四包豆酥糖便放在桌上，一直到现在。

俗语说得好："睹物思人。"见了豆酥糖，我便容易想起祖母来了。我的祖母是长挑身材，白净面庞，眉目清秀得很。她的唯一缺点，便是牙齿太坏。到我六岁那年从外婆家回来就跟她一床睡时，她的牙齿便只剩下门前三颗。但是她还爱吃甜的东西，在夜半醒的时候。

我们睡的是一张宁波大凉床，挂着顶蓝夏布帐子，经年不洗，白的帐顶也变成灰扑扑了。在床里边，架着块木板，板上就放吃的东西。我睡在里边，正好钻在木板下面，早晨坐起来一不小心，头顶便会同它撞击一下，害得放在它上面的吃食像乘船遇巨波般，颠簸不定，有时且直跌下来。下来以后，当然没有生还希望，不是由我独吞，便是与祖母分而食之了。

我的祖母天性好动，第一就是喜欢动嘴。清早起来，她的嘴里便唠叨着，直到晚上大家去睡了，她才没奈何只好停止。嘴一停，她便睡熟了，鼾声很大。有时候我给她响得不要睡了，暗中摸索起来，伸手去偷取板上的吃食。板上的吃食，总是豆酥糖次数居多。于是我捏了一包，重又悄悄地躺下，拆开包纸自己吃。豆酥糖屑末散满在枕头上，被窝里，有时还飞落进眼里，可是我不管，我只独自在黑暗中撮着吃，有时连包纸都扯碎了一齐吞咽下去。

半夜里，当我祖母鼾声停止的时候，她也伸手去摸板上的吃食了。她在黑暗中摸索的本领可是真大，从不碰撞，也从不乱摸，要什么便是什么。有时候她摸着一数发觉豆酥糖少了一包，便推醒我问，我伸个懒腰，揉着眼睛含糊回答："阿青不知道，是老鼠伯伯吃了。"可是这也瞒不过她的手，她的手在枕头旁边摸了一下，豆酥糖末子被窝里都是，于是她笑着拧我一把，说道："就是你这只小老鼠偷吃的吧！"

我给她一拧，完全醒了。

于是我们两个便又在黑夜里吃起豆酥糖来，她永远不肯在半夜里点灯，第一是舍不得油，第二是恐怕不小心火会烧着帐子。她把豆酥糖末子撮一些些，放进我嘴里，叫我含着等它自己溶化了，然后再咽下去。"咭"的一声，我咽下了，她于是又撮起一些些放进嘴里来。这样慢慢的，静静的，婆孙俩是在深夜里吃着豆酥糖，吃完一包，我嚷着还要，但是她再不答应，只轻轻拍着我，不多时，我蒙眬入睡，她的鼾声也响起来了。

我们从不整理床褥，豆酥糖屑末以及其他碎的东西都有，枕头上，被窝里，睡进去有些沙沙似的，但是我们惯了，也决不会感到大的不舒服。次晨起来，也只不过把棉被略略扯直些，决不拍拍床褥或怎样的，让这些屑末依旧散布在原地方。

有时候豆酥糖屑末贴牢在我的耳朵或面孔上了，祖母在第二天发现后便小心地把它取下来，放到自己嘴里，说是不吃掉罪过的。我瞧见了便同她闹，问她那是贴在我脸上的东西，为什么不给我吃？她给我缠不过，只好进去再拆开一包，撮一些些给我吃了，然后自己小心地包好，预备等到半夜里再吃。

她把豆酥糖看做珍品，那张古旧的大凉床便是她的宝库。后来我的注意力终于也专注到这宝库里去了，讨之不足，便想偷。从此她便把豆酥糖藏在别处，不到晚上是决不让它进宝库的了。

可是我想念它的心，却是愈来愈切，盼望不到夜里。到了夜里，我便催祖母早睡，希望她可以早些醒来吃豆酥糖。

有一天，我的父亲从上海回来了，他们大家谈着，直谈到半夜。

我一个人醒来，不见祖母，又摸不着豆酥糖，心想喊，却怕陌生的爸爸，心里难过极了。等了好久，实在忍不住，只得自己在枕头旁，被窝里，摸索着，拾些剩下来的豆酥糖屑末吃吃，正想咽时，忽然听见他们的声音进房来了，于是我便不敢作声，赶紧连头钻进被当中，一动不动的假装睡着。

"阿青呢?"父亲的声音，放下灯问。

"想是钻在被当中了。"祖母回答。

"夜里蒙头睡多不卫生!"父亲说着，走近来像要替我掀开被头。

我心里一吓，幸而祖母马上在拦阻了："孩子睡着，不要惊醒她吧。"

"⋯⋯"父亲没有话说，祖母窸窸窣窣像在脱衣裳。

豆酥糖含在嘴里，溶化了的糖汁混合着唾液流进喉底去了，喉头痒痒的，难熬得紧。我拼命忍住不肯作声，半响，"咕"的一声终于爆发了，父亲马上掀开被头问："你在吃些什么，阿青？"

我慌了，望着摇曳的灯光，颤声回答道："我没吃——老鼠伯伯在吃豆酥糖屑呢。"

"豆酥糖屑？哪里来的豆酥糖屑？"父亲追问着，一会又掀起被来，拿着油灯瞧，我赶紧用手按住那些聚屑较多的地方，不让他抢了去。

但是父亲拉过我的手，拿油灯照着这些屑末问道："哪里来的这些脏东西？床上龌龊得这样，还好睡吗？"说着，他想拂去这些豆酥糖屑末之类。

但是祖母却脱好衣裳，气呼呼的坐进被里来了，她向父亲唠叨着："好好的东西有什么脏？山北豆酥糖，有名的呢。还不把灯台快拿出去，我睡好了，吹熄了灯省些油吧。看你这样冒冒失失的，当心烧着帐子可不是玩。一份人家顶要紧的是火烛当心……"她的唠叨愈来愈多，父亲的眉头也愈皱愈紧了。

第二夜，父亲就给我装了张小床，不许我同祖母同睡了，祖母很生气，足足有十多天不理睬父亲。

现在，我的父母都已死了，祖母也有六七年不见面，我对她的怀念无时或忘。她的仅有的三颗门齿也许早已不在了吧？这四包豆酥糖正好放着自己吃，又何必千里迢迢的托人带到上海来呢？

我不忍吃——其实还怕吃它们。想起幼小时候在枕头上，被窝里撮取屑末吃时的情形，更觉恶心，而没有勇气去拆它们的包纸了。我是嫌它脏吗？不！这种想头要给祖母知道了她也许又将气呼呼的十余天不理睬我，或者竟是毕生不理睬我呀。我怎样可以放着不吃？又怎么能够吃下去呢？

犹豫着，犹豫着不到十来天工夫，终于把这些豆酥统统吃掉了。它们虽然已经潮湿，却是道地的山北货，吃起来滋味很甜。——甜到我的嘴里，甜进我的心里，祝你健康，我的好祖母呀！

外婆的旱烟管

外婆有一根旱烟管，细细的，长长的，满身生花斑，但看起来却又润滑得很。

几十年来，她把它爱如珍宝，片刻舍不得离身。就是在夜里睡觉的时候，也叫它靠立在床边，伴着自己悄悄地将息着。有时候老鼠跑出来，一不小心把它绊倒了，她老人家就在半夜里惊醒过来，一面摸索着一面叽咕："我的旱烟管呢？我的旱烟管呢？"直等到我也给吵醒了哭起来，她这才无可奈何地暂时停止摸索，腾出手来轻轻拍着我，一面眼巴巴的等望天亮。

天刚亮了些，她便赶紧扶起她的旱烟管。于是她自己也就不再睡了，披衣下床，右手曳着烟管，左手端着烟缸，一步一步的挨出房门，在厅堂前面一把竹椅子里坐下。坐下之后，郑妈便给她泡杯绿茶，她微微呷了口，马上放下茶杯，衔起她的长旱烟管，一口一口吸起烟来。

等到烟丝都烧成灰烬以后，她就不再吸了，把烟管笃笃在地下敲几下，倒出这些烟灰，然后在厅堂角落里拣出三五根又粗又长的席草来把旱烟管通着。洁白坚挺的席草从烟管嘴里直插进去，穿过细细的长长的烟管杆子，到了装烟丝的所在，便再也不肯出来了，于是得费外婆的力，先用小指头挖出些草根，然后再由拇食两指合并努力捏住这截草根往外拖，等到全根席草都拖出来以后，瞧瞧它的洁白身子，早已给黄腻腻的烟油沾污得不像样了。

此项通旱烟管的工作，看似容易而其实烦难。第一，把席草插进去的时候，用力不可过猛。过猛一来容易使席草"闪腰"，因而失掉它的坚挺性，再也不能直插到底了。若把它中途倒抽出来，则烟油随之而上，吸起烟来便辣辣的。第二，在拖出席草来的时候，也不可拖得太急，不然啪的一声席草断了，一半留在烟管杆子里，便够人麻烦。我的外婆对此项工作积数十年之经验，做得不慌不忙，恰能如意。这样通了好久，等到我在床上带哭呼唤她时，她这才慌忙站起身来，叫郑妈快些拿抹布给她揩手，于是曳着旱烟管，端着烟缸，颤巍巍的走回房来。郑妈自去扫地收拾——扫掉烟灰以及这些给黄腻腻的烟油沾污了的席草等等。

有时候，我忽然想到把旱烟管当做竹马骑了，于是问外婆，把这根烟管送了阿青吧？但是外婆的回答是："阿青乖，不要旱烟管，外婆把拐杖给你。"

真的，外婆用不着拐杖，她常把旱烟管当做拐杖用哩。每天晚上，郑妈收拾好了，外婆便叫她掌着烛台，在前面照路，自己一手牵着我，一手扶住旱烟管，一步一拐的在全进屋子里视察着。外婆家里的屋子共有前后两进，后进的正中是厅堂，我与外婆就住在厅堂右面的正房间里。隔条小弄，左厢房便是郑妈的卧室。右面的正房空着，我的母亲归宁时，就宿在那边；左厢房作为佛堂，每逢初一月半，外婆总要上那儿去点香跪拜。

经过一个大的天井，便是前进了。前进也有五间两弄，正中是穿堂；左面正房是预备给过继舅舅住的，但是他整年经商在外，从不回家。别的房间也都是空着，而且说不出名目来，大概是堆积杂物用的。但是这些杂物究竟是什么，外婆也从不记在心上，只每天晚上在各房间门口视察一下，拿旱烟管敲门，听听没有声音，她便叫郑妈拿烛前导，一手拐着旱烟管，一手牵着我同到后进睡觉去了。

但是，我是个贪玩的孩子，有时候郑妈掌烛进了正房，我却拖住外婆在天井里瞧星星，问她织女星到底在什么地方。暗绿色的星星，稀疏地散在黑层层的天空，愈显得大地冷清清的。外婆打个寒噤，拿起旱烟管指着前进过继舅舅的楼上一间房间说着："瞧，外公在书房里读书做诗呢，阿青不去睡，当心他来拧你。"

外公是一个不第秀才，不工八股，只爱做诗。据说他在这间书房里，早也吟哦，晚也吟哦，吟出满肚牢骚来，后来考不进秀才，牢骚益发多了，脾气愈来愈坏。有时候外婆在楼下喊他吃饭，把他的"烟士批里纯"①打断了，他便怒吽吽的冲下楼来，迎面便拧外婆一把，一边朝她吼："你这……这不贤女子，动不动便讲吃饭，可恨！"

后来拧的次数多了，外婆便不敢叫他下来吃饭，却差人把煮好的饭菜悄悄地给送上楼去，放在他的书房门口。等他七律两首或古诗一篇做成了，手舞足蹈，觉得肚子饿起来，预备下楼吃饭的时候，开门瞧见已经冰冷的饭菜，便自喜出望外，连忙自己端进去，一面吃着，一面吟哦做好的诗。从此他便不想下楼，在书房里直住到死。坐在那儿，吃在那儿，睡在那儿，吟哦吟哦，绝不想到世上还有一个外婆存在。我的外婆见了他又怕，不见他又气（气得

---

① 英文"inspiration"的音译，即"灵感"。

厉害），胸痛起来，这次他却大发良心，送了她这杆烟管，于是她便整天坐在厅堂前面吸烟。

"你外公在临死的时候，"外婆用旱烟管指着楼上告诉，"还不肯离开这间书房哩。又说死后不许移动他的书籍用具，因为他的阴魂还要在这儿静静的读书做诗。"

于是外婆便失去了丈夫，只有这根旱烟管陪她过大半世。

不幸，在我六岁那年的秋天，她又几乎失去了这根细细的，长长的，满身生花斑的旱烟管。

是傍晚，我记得很清楚，她说要到寺院里拜焰口去哩，我拖住她的两手，死不肯放，哭着嚷着要跟她同去。她说，别的事依得，这件却依不得，因为焰口是斋闲神野鬼，孩子们见了要遭灾殃的。于是婆孙两个拉拉扯扯，带哄带劝的到了大门口，她坐上轿子去了，我给郑妈拉回房里，郑妈叫我别哭，她去厨房里做晚饭给我吃。

郑妈去后，我一个人哭了许久，忽然发现外婆这次竟没有带去她的几十年来刻不离身的旱烟管。那是一个奇迹，真的。于是我就把旱烟管当竹马骑，跑过天井，在穿堂上驰骋了一回，终于带了两重好奇心，曳着旱烟管上楼去了。

上楼以后，我便学着外婆样子，径自拿了这根旱烟管去敲外公书房的门，里面没有声响，门是虚掩的，我一手握烟管，一手推了进去。

　　书房里满是灰尘气息，碎纸片片散落在地上，椅上，书桌上。这些都是老鼠们食剩的渣滓吧，因为当我握着旱烟管进来的时候，还有一只偌大的老鼠在看着呢，见了我，目光灼灼的瞥视一下，便拖着长尾巴逃到床底下去了。于是我看到外公的床——一张古旧的红木凉床，白底蓝花的夏布帐子已褪了颜色，沉沉下垂着。老鼠跑过的时候，帐子动了动，灰尘便掉下来。我听过外婆讲僵尸的故事，这时仿佛看见外公的僵尸要掀开床帐出来了，牙齿一咬，就把旱烟管向前打去，不料一失手，旱烟管直飞向床边，在悬着的一张人像上撞击一下，径自掉在帐子下面了。我不敢走拢去拾，只举眼瞧一下人的图像，天哪，上面端正坐着的可不是一个浓眉毛，高颧骨，削尖下巴的光头和尚？和尚旁边似乎还站着两个小童，但是那和尚的眼睛实在太可怕了，寒光如宝剑般，令人战栗。我不及细看，径自逃下楼来。

　　逃下楼梯，我便一路上大哭大嚷，直嚷到后进的厅堂里。郑妈从厨下刚捧了饭菜出来，见我这样子，她也慌了。我的脸色发青，两眼直瞪瞪的，没有眼泪，只是大声干号着，郑妈抖索索的把我放在床上，以为我定在外面碰着了阴人，因此一面口念南无救苦救难观世音菩萨，一面问我究竟怎样了。但是我的样子愈来愈不对，半天，才断断续续的迸出几个字来："旱烟管……和尚……"额上早已如火烫一般。

夜里，外婆回来了。郑妈告诉她说是门外有一个野和尚抢去了旱烟管，所以把我唬得病了。外婆则更猜定那个野和尚定是恶鬼化的，是我在不知中用旱烟管触着了他，因此惹得他恼了。于是她们忙着在佛堂中点香跪拜，给我求了许多香灰来，逼着我一包包吞下，但是我的病还是没有起色，这么一来可把外婆真急坏了，于是请大夫啦，煎药啦，忙得不亦乐乎。她自己日日夜夜偎着我睡，饭也吃不下，不到半月，早已瘦得不成样子。等到我病好的时候，已经是深秋了。

郑妈对我说："阿青，你的病已经大好，你现在该快乐了吧。"

她对外婆也说："太太，阿青已经大好，你也该快乐了吧。"

但是我们都没有快乐，心中忽忽若有所失，却不知道这所失的又是什么。

不久，外婆病了。病的原因郑妈对她说是劳苦过度，但——她自己却摇摇头，默不作声。于是大家都沉默着，屋子里面寂静如死般。

外婆的病可真有些古怪，她躺在床上不吃也不哼，沉默着，老是沉默着……我心里终于有些害怕起来了，告诉郑妈，郑妈说是她也许患着失魂症吧，因此我就更加害怕了。

晚上，郑妈便来跟我们一个房间里睡，郑妈跟我闲谈着，外婆却是昏昏沉沉的似睡非睡。郑妈说，这是失魂症无疑了，须得替她找着件心爱的东西来，算是魂灵，才得有救。不然长此下去，精神一散，便要变成疯婆子了。

疯婆子，多可怕的名词呀！但是我再想问郑妈时，郑妈却睡熟了。

夜，静悄悄的，外婆快成疯婆子了，我想着又是害怕，又是伤心。

半晌，外婆的声音痛苦而又绝望地唤了起来："我的旱烟管呢？我的旱烟管呢？"接着，窸窸窣窣的摸了一阵。

这可提醒了我的记忆。

郑妈也给吵醒了，含糊地叫我："阿青，外婆在找旱烟管呢！"

我不响，心中却自打主意。

第二天，天刚有些亮，我觑着外婆同郑妈睡得正酣，便自悄悄地爬下床来，略一定神，径自溜出房门。出了房门，到了厅堂面前，凉风吹过来，一阵寒栗。但是我咬紧牙齿，双手捧住脸孔，穿过天井，直奔楼上而去。

大地静悄悄，全进屋子都静悄悄的。我鼓着勇气走上楼梯。清风冷冷从我的颈后吹拂过来，像有什么东西在推我驾雾而行似的，飘飘然，飘飘然，脚下轻松得很。到了房门口，我的恐怖的回忆又来了，于是咬咬牙，一手推门进去，天哪，在尘埃中，在帐子下面，可不是端端正正的放着外婆的旱烟管吗？

带着颗喜悦的心，我一跳过去便想拾收，不料这可惊着了老鼠，由于它们慌忙奔逃的缘故，牵得帐子便乱动起来。我心里一吓，只见前面那张画着和尚的像，摇晃起来，瘦削的脸孔像骷髅般，眼射寒光，似乎就要前来扑我的样子，我不禁骇叫一声，跌倒在地。

等我悠悠醒转的时候，郑妈早已把我抱在怀里了，外婆站在我的旁边低声唤，样子一点不像疯婆子。于是我半睁着眼，有气没力的告诉她们："旱烟管……外婆的……魂灵，我已经找回来了。"

外婆的泪水流下来了，她把脸贴在我的额上，轻轻说道："只有你……阿青……才是外婆的灵魂儿呢。"

"但是，和尚……"我半睁的眼瞥见那张图像，睁大了，现出恐怖的样子。

外婆慌忙举起旱烟管击着那光头，说道："这是你外公的行乐图，不是和尚哪，阿青别怕，上面还有他的诗呢！"但是我说我不要看他的诗，我怕他的寒光闪闪的眼睛。于是外婆便叫郑妈快抱我下楼，自己曳着旱烟管，也颤巍巍地跟了下来。于是屋子里一切都照常，每天早上外婆仍旧坐在厅堂前面吸烟，通旱烟管，晚上则叫郑妈掌烛前导，自己一手牵着我，一手拿旱烟管到处笃笃敲门，听听里面到底可有声音没有。

外婆与她的旱烟管，从此便不曾分离过，直到她的老死为止。

说　话

　　为了爱说话，我已不知吃了多少亏哩；当我呱呱坠地的时候，我父亲就横渡太平洋，到哥伦比亚大学去"研究"他的银行学去了，母亲也自进了女子师范，把我寄养在外婆家，雇了一个瘪嘴奶妈。外婆家在离本城五六十里的一个山乡，外公在世时原也是个秀才，但在十二年前早已到地下"修文"去了，没有儿子，只遗下我母亲及姨母二个女儿。当我出世的时候，姨母已在前一年死去，家中除外婆外，尚有一个姨婆，她是外公用一百二十块钱买来生儿子的，不料进门不到一年，外公就患伤寒死去，蛋也没有下一个。乡下女人没有傻想头，只要不冻饿就好了，于是她就在十九岁起跟外婆守节守了十二年，好在她们有山，有田，有房子，雇了一个老妈子，生活还过得去。过继舅舅在城中学生意，因此这一进背山临水的古旧大屋内，只有外婆，姨婆，老妈子，奶妈及我五个女的，唯一的男性就是那只守门的阿花了。

据她们说，我在婴儿时期就不安静，一引就哭，一逗即笑，半夜三更也要人抱着走。讲话讲得很早，六七个月光景就会开口喊妈。两周岁时更会吵了，终日咿呀，到了半夜里还不肯灭灯，同奶妈并头睡在床上指着花夏布帐上的花纹喊："兰花，梅花，蝴蝶！"

断奶后，外婆常叫姨婆抱着我到隔壁四婆婆，三舅母，长长太太等处去玩，她们因我不怕生，都逗着我说笑，叫我"小鹦哥"，雪团印糕等土点心总是每天吃不了。山乡女人不知道什么叫做"优雅""娇贵"，冬天太阳底下大家围着大说大笑的，吐属当然不雅，声音也自粗硬，我在她们处学会了高声谈笑，这使我以后因此吃了不少的亏。

到了我六岁那年，外婆替过继舅父娶了亲，从此屋中又多了一人。那位舅母表面上尚待我客气，骨子里却深恨我多吃外婆家的饭，而且也许将来我出嫁时，外婆会把她的珠环玉镯都塞给我哩，因此常在背后说我乞儿嘴，讨大人欢喜，好骗些东西，这类话姨婆也颇有所闻，都把来一五一十的传给外婆听。

有一次，姨婆抱着我上山去攀野笋，在归来的途中，我快乐极了，搂着姨婆的脖子喊："姨婆是小老妈！姨婆是贱婊子！"这句话本是舅母教给我的，我听着有趣，故记在心头，此刻为表示我的快乐与对姨婆的谢意起来，故高声哼了出来。不料姨婆陡然变了脸色，拧了我一下，骂道："看你将来福气好，去当皇后娘娘！我是生来命苦做人家小老妈。同是爷娘十个月生的，有什么贱不贱！"说着径自回到家中，把野笋向外婆脚边一丢，气愤愤地告诉了一遍，还说要上外公坟上哭去。外婆也生起气来，怒道："你不是小老妈，该还是他外公拿花轿抬你来的？充什么好汉！孩子家说话也有得计较的，该还要她备香烛向你磕头哩！你高兴在这里就在这里，不高兴就回老家拿山芋当饭吃去，我拼却丢脱一百二十块钱！"姨婆被骂得哭进房里去了，从此见了我就爱理不理。

舅母见她第一个计划已告成功，于是过了几天，笑容满面的拉了我过去吃炒米糖，又悄悄地教给我在外婆跟前喊："外婆是孤老太婆，断子绝孙！"我笑着带跑带跳过去说了，外婆喝问哪个教的，我就伏在她膝上得意地笑："宝宝自己讲的——孤老婆，断子孙！"一面说一面把粘在嘴边的炒米糖屑揩到外婆裤上去了，外婆就问炒米糖哪个给你吃的，于是舅母的教唆罪就被揭露，外婆、姨婆都骂她搅家精，乡下女人不懂礼节家教，便也和婆婆对骂起来，外婆气得索索发抖，立刻差堂房阿发舅舅去到娘家去喊自己兄弟来，一面又叫人寄信给我母亲。那时我爸爸已于前一年回国在汉口中国银行做事，母亲又养了一个弟弟，在家中与公婆同住着。

到了黄昏时候，舅公们坐着四顶轿子来了，外婆杀鸡备饭款待他们。舅母见事已闹大，早已哭着逃回娘家去了。于是四男二女商量了一会，决定要实行废继，免得外婆吃老苦。第二天，母亲也坐着划船来了，问明情由，就劝外婆多一事不如少一事，主张把我带回去，说明年预备给我上学了。但舅公们都以为这样大灭自己威风，不事舅姑，已犯七出之罪，那舅父若不愿放弃家财，就得把老婆赶出去。母亲始终力劝，那舅母娘家的人及她丈夫的生父母也着了急，纷纷来母亲及舅公跟前讲好话，央他们劝劝外婆，大人不记小人过，只命舅父回来；夫妇俩向外婆送茶磕头就算了。那天客厅中坐满了人，我就跳来跳去瞧热闹，高兴得连吃饭心思都没有了。——事情就此告一段落，我也随着母亲回家。

我家是一个大家庭，家中除祖父母外，还有许多伯姆婶娘及堂兄弟姊妹等，他们虽同居在一个大宅里，但各自分炊，各家都有仆妇奶妈。虽然屋里住了这许多人，但绝不喧哗嘈杂。大家彬彬有礼，说话轻而且缓，轻易也不出房门；每天早晚都要到祖父母处去请安。黑压压的坐满了一厅人，却是鸦雀无声，孩子们也都斯文得很。但是，自从加入了一个刚从山乡里跑出来的野孩子后，情形便不同了，弟妹们都学会了"娘的×"，哥哥姊姊也都对桃子山金柑山而心向往之。我见众人都没我见闻广，更加得意扬扬，整天大着喉咙讲外婆家那面事情给他们听，什么攀野笋哩，摸田螺哩，吃盐菜汁烤倒牛肉哩（外婆那里没处买牛肉，也舍不得把自己耕牛杀了吃，只有某家的牛病亡了时，合村始有倒牛肉吃），看姨婆掘山芋哩，跟外婆拿了旱烟管坐在石凳上同长长太太谈天哩……伯姆婶娘仆妇等都掩口而笑了，我也得意地随着笑，母亲却深以为耻，责打数次，仍不知悔改，气得牙齿痛，饭也吃不下。还是祖父把我叫过去跟他们住，每天和颜悦色的讲故事给我听，这才把我说话的材料充实起来，山芋野笋及"妈的×"也就不大提起了。我听故事非常专心，听过一遍就能一句不遗的转讲给人家听，于是祖父很得意的捋着短须道："我说这孩子并不顽劣，都是你们不知循循善诱，她的造就将来也许还在诸兄弟姊妹之上呢！"祖父的话是有力量的，于是众人不但不笑我村气，还都附和着赞我聪明，那时母亲的牙齿当然不会痛了，还写了封信给父亲，父亲也很欢喜。

到了八岁那年的秋天，父亲做了上海××银行的经理，交易所里又赚了些钱，于是把家眷接出来，我就转入一个弄堂小学里念书。父亲的朋友很多，差不多每晚都有应酬，母亲把我打扮得花蝴蝶似的，每晚跟着他们去吃大菜，兜风。父亲常叫我喊黄伯伯张伯伯，在客人前讲故事唱歌，"这是我家的小鹦哥呢！"父亲指着我告诉客人，客人当然随着赞美几声，母亲温和地笑了。

但是，也有一件事是使母亲最不高兴的，就是我放学回来时爱拉着女仆车夫等讲从前攀野笋摸田螺等事；"下次不准讲这些！"呵责无效。"啊，乖乖不要讲这些话，妈买樱花软糖给你吃。"哄又哄不进。这真使女子师范甲等毕业的母亲无从实行其教育理论了，"这孩子难道没福吗？"母亲在独自叹气了，因为父亲曾对她说过，预备将来给我读到大学毕业，还预备请一个家庭教师来课外教授英语会话及音乐舞蹈，将来倘有机会就可作公使夫人，现在我竟这样念念不忘山乡情事，那就只好配牧牛儿了。

而且，渐渐的，这个失望滋味连父亲也尝到了，不是在爬半淞园假山时问"这里怎么没有野笋？"，就是在吃血淋淋的牛排时问"这个是不是盐菜汁烤的？"，当着许多客人，父母忙着支吾过去，那种窘态是可以想见的。这样的过了四五次后，父亲就失望地叮嘱母亲道："下次不用带她到外面去了，真是丢人！以后话也不准她多讲，女子以贞静为主……"于是，花蝴蝶似的衣服就没有穿了，每晚由仆妇督促着念书写字，国文程度好了不少；父亲又买了册童话来给我看，书名是"金龟"。里面说有一个国王很爱说话惹得人人都厌他；同时御花园内有一只乌龟也很爱说话，被同伴驱逐无处容身，有两只雁见了可怜他，预备带他到别处去，于是找了一条竹棒，两雁分衔两端，叫乌龟紧咬住中点，就自在空中飞去，叮嘱他切不可开口。到了中途遇见几个小孩，见了龟好奇地喊道："看哪，两只雁带着乌龟飞呢！快把它打下来！"乌龟听了大怒，就想回骂几句，不料一张口身子就落在地上，跌得粉碎。大臣以此为谏，国王大悟，便在宫门口铸了一只金龟，以为多言之戒。——父亲买这本书给我看的目的原是希望我能效仿这个国王，不料我看了后毫无所动，而更多了一件谈话资料，讲给仆妇听了又对车夫讲，把父亲气得灰了心，从此就用消极方法禁止家中任何人同我闲谈，可是这于我没有什么影响，校中的同学多着呢！

四年后，投机失败，银行倒闭，父亲也随之病故。不久，我因在无意中撞见校长与某同学暧昧情形，不知轻重地把它宣扬出来，大遭校长之忌，恰巧自己又不小心，某晚在寝室中与同学呵痒玩耍，推翻了烛台，帐子烧了起来，照校长的意思就要把我开除，幸得各教员都因我实是无心过失，且毕业在即，法外施恩，记一次大过了事。这样就引起学潮，结果校长被逐，某同学开除，家中怒我好事，逼着我辍学回家，真所谓祸从口出了。

不过我对于说话的兴趣并不曾因此稍减。有时我在书中看到一二可喜之语，不喊一个人同来看看，总觉得心中不安似的。有时我在半夜里得了一个有趣的梦，醒来总要默默地记它几遍，预备次晨讲给人家听；有时甚至于唯恐忘了，下半夜不敢合眼。有许多话，我明知说了以后，于听的人及我自己都没有好处，可是我还是要说，说出了才得心安。这种心理，我觉得也许大多数人都是如此，不然，庄子梦化蝴蝶，尽管自去飘飘然，陶渊明在东篱下见了南山，尽管自去领略悠然的心情好了，又何必用文字说了出来呢？李太白，Wordsworth①，他们都是爱静的了，但是也还要告诉人家自己曾在某一境界里有个某种心情，让人家得有机会领略"举杯邀明月，对影成三人"及"I wandered lonely as a cloud"②等个中滋味。所以我以为各人爱说

---

① 即威廉·华兹华斯（1770—1850），英国诗人，代表作品有《她住在人迹罕至的地方》《水仙花》等。

② 译为：我像一朵云孤独地飘游。

什么，爱对什么人说，爱用怎样说法，及希望说了后会发生什么结果虽各有不同，但爱说的天性是人人都有的，尤其是富于感情的女人，叫她们保守秘密，简直比什么都难。我仿佛在Chaucer①的*Canterbury Tales*②里见过一个故事，说是一个妇人因她丈夫嘱她不要把某事说给人家听，她为了顾全丈夫的幸福起见，只得严守秘密，可是心中像郁结了似的非常不舒适，终于悄悄地跑到溪边把这事告诉了淙淙的流水。

在初中的时候，我们一群女子都正在生气勃勃地努力于生活的斗争及理想的追求，死板的教科书当然不能满足我们的欲望，于是新文艺杂志小说等就成为我们日常功课，上课时偷着看，一下课就跳上讲坛，一屁股坐在桌子上，居高临下的议论书中的话，我们的意见并不一致，但是愈争执愈有味儿。我有一个脾气，就是好和人反对，人家在赞美爱情专一时，我偏要反对一夫一妻制："这个是最枯燥乏味的呢，"我好像有过经验似的，"假如我们天天坐在一个地方，对那一件东西，是不是会生厌呢？生活需要变化，

_____

① 即杰弗雷·乔叟（约1343—1400），英国作家，诗人，被誉为"英国诗歌之父"。

② 译为：《坎特伯雷故事集》。

四五十年光阴守着一个妻子或丈夫是多么的枯燥乏味啊!"于是大家纷起反对,我也就在四面夹攻中为自己辩护。但假如人家在主张结婚离婚绝对自由时,我却要提出事实问题,谓夫妇关系非得法律保障不可了。其实我并没有什么成见,只是一味的好奇立异,以显得与众不同罢了。无论什么名词,新的总是好的,赶快记熟了以便随时搬出来应用,虽曾因不写"祖父大人尊前"而写"我最亲爱的祖父呀"而被严加训斥,但这可不是新话头不好,祖父头脑原不合二十世纪的潮流呀。

而且,我的思想变化得极快,因此前后言语也就自相矛盾:今天看了一篇冰心女士的文章就盛称母爱的伟大,明天看了一场爱情电影就主张恋爱至上,虽抛弃母亲亦所不惜,后天听人家讲了个棒打薄情郎故事就说世上一切都是空虚,最好削发为尼。

也许这是年龄的关系吧,那时说话我已知掩饰,不复如幼时般坦白,把掘山芋摸田螺等有失体面的话一五一十都肯告诉人家了。掩饰就不免有些失真,所以我那时对人家所说的事,多少有些神话化,有时甚至于完全虚构出一段美丽的故事。我不是恶意欺骗人家,只觉得自己说着好玩而已。譬如说,在夜色如水,繁星满天的时候,四五个女同学围坐在草地上,密斯王说她爱人见她哭了就拿舌头把她颊上的泪汁舔干净，密斯赵又背出一段她的姨表兄寄给她的情书中肉麻话来，大家把恋爱故事讲完了而来苦苦追问我时，我能说自己尚未尝过恋爱滋味吗？这无异是宣布自己美貌的死刑，哪个女子肯承认自己不美？于是，好吧！你卖弄漂亮，有人爱你，向我夸耀幸福，我也编一个美丽的故事来证明自己可爱，使一个男子甘为情死，因为活着的爱人说不定三天后就会变心，呼吸停止了总是盖棺论定，完全成了我的俘虏。打定主意后，就把双眉一蹙，故意装出言之徒多伤心的样子来，起身要走。这样一来，人家还肯放你走吗？好容易拖拖扯扯的再三央求，我才黯然说道："他已经死了。""什么时候死的？""怎样死的？""你们怎样认识？"三四个女性都显出了无限的凄怆，同情于这个虚构的英雄。于是我心中也起了莫名的悲哀，仿佛自己真是那个悲剧的主角，眼角就渐渐润湿了："他是一个流浪者。在一个偶然的场合中，我们遇见了，我至今还不知他的姓名籍贯及历史。后来他又流浪到别处去，在病倒的时候，寄了一封遗书给我，不料落在我母亲手中，给她撕碎烧掉了，过后私下责骂我，我始知道此人已死，但我始终没有见过他血泪写成的遗书！这已是三年前的事了！"说毕，草地上四五个头都低了下去，各自咀嚼哀味，连满天的星星也似凄然欲泪。可是幸而没有人问我年龄，因为那时我还只十六岁,实足年龄尚不到十五岁,三年前不是还只十二岁吗?即使遇见一个流浪者觉得我可爱时,至多也不过送我一块橡皮糖罢了。

直到"一·二八"的狂热被压下去后,我们开始感到失败的悲哀,于是朋友中分成三派:一派是主张埋头苦干,唯实是务,话也不大说了;一派则主张尽情享乐,今天同密斯脱张上菜馆,明天跟密斯脱王看电影,高兴便大家玩玩,不高兴便各干各的,好在女子终占几处便宜,本未相爱,亦无所谓负不负。女伴相遇时也只大谈明星的表情及西点滋味,不涉国家人生等大问题;一派就乐天安命,以为人生如梦,得过且过,管什么闲事,淘什么闲气,只讲讲笑话便了;而我则埋头苦干一颗心一时却静不下,尽情享乐又觉得太颓废,命运论亦无法使自己相信,于是彷徨苦闷,终于积了满腹牢骚,常爱发一套愤世嫉俗的议论。幼时的坦白是没有了,美丽的谎话也编不出,但说话却还是要说。我常常恭维我所最看不起的人,也常故意使期望我的人灰心;我要人家都误解我,让他们在我"不由衷"的谈话中想象我的思想,我自己却冷冷地在鼻子里笑!

结婚是女子思想的大转机:我的朋友们大都已安于平凡恬静的贤妻良母生活,相见时大家谈谈仆妇孩子便也不愁没有新闻。只是我每次同她们谈过后，总觉心中更觉沉重，仿佛不但要说的话尚未说出，反而因此又增加了材料似的，委实积压得难过。近年来索性不大同人家说话了，除了必不得已的应酬以外。我每天机械地生活着，没有痛苦也没有快乐；我的心大概已渐趋麻木；若说要除去这重压而恢复到原来轻快的境界的话，那我也只有独自跑到溪边去诉淙淙的流水了，然而在这里连溪水也根本不容易找到呀！

算 学

　　这几天东跑西走不免辛苦了些，我每夜必在梦中做算学习题，苦苦的想了又想仍不得其解，急出一身冷汗就醒了过来。据某君说，他每梦做数学习题醒来就要遗精，我虽无精可遗，却也疲惫欲死。记得我在某女中时读的是段育华的混合算学，一会儿几何，一会儿代数的够人麻烦。数学是每周五点，除星期一外天天都得上，一个钟头讲下来总有二三个练习（约二三十题）指定明天喊人前去黑板上做。那时我们每天要上七个钟头正课，还有早操、课外运动、开会（校友会、学生会、级会、各地演讲会、各种研究会）等等事儿，而且自己总也得梳梳头，洗洗脚，或换件衣服，余下来委实没有多少工夫，而国文教员要你做笔记，交作文；英文教员要你查生词，背会话；理化教员要你做实验……在加分数的利诱与扣学分的威迫之下，个个闹得头昏目晕，又怎能还得清这一批批接踵而来的数学债？于是，抱"只得由他"主义，好在五十五人一级，被喊到的总不过一半光景，难道晦气的活该是我？

今天希望幸免，明天希望幸免，前面没有弄清，后面就看不懂了。债多不愁，我与邻座某女士订定口头条约，分工合作：国文英文的事有我，我替她做作文，造句，但每逢数学课我被喊到黑板前去演算时，就要劳她的驾来我身旁吐一口痰，顺便塞给我一个纸头儿。假如我与她同时被喊前去时，我们俩总是拣个地方并立着的，挤眉弄眼，我未走她不能走，她未走我更无从走起。这样的皆大欢喜的过了三年，她的国文英文有八十几分，我的数学成绩也列入甲等。

做了几年的南郭先生，究竟心惊胆战，不是味儿，乃决计投考×中师范科；不料儿童心理、教育概论比几何代数更为乏味，乃征得学校当局同意，转入普通科。这回数学教本都用英文本，三角、立体几何，人家已教过大半本。数学教师唐先生是我们校长的老师，年高体弱，家又小康，本不愿辛辛苦苦出来兼课，经我们校长的恳求，始来义务担任我们一级的立体几何，那三角就由校长先生自己担任。

校长是北大工学士，他的治学方法就是死背，懂不懂尚在其次。我们所读的这本三角是他自己念得滚瓜烂熟的，只要说一声公式几他就能立刻背出来，习题也是如此。但你假如把 $\sin A$，$\cos B$，改写作 $\sin X$，$\cos Y$，他就得呆了半晌。他自己如此做，要我们也跟着行。我因为新近改科，大半本三角都要补背起来，三十九个公式尚可勉强从命，几百习题委实强记不来，这使我几度起过退学的念头。我们一级里本有八个女生，一学期终只剩了三个，加进了我才凑成原来的半数。退学的原因都是为了背三角背坏了身体，有的患脑漏症，有的犯月经病，剩下的三个数学也并不很好，都是连夜开夜车才硬拼来的及格分数，至于男生呢，他们倒多的是作弊法儿。

唐先生的办法与校长不同：他自己对数学有很深的了解与浓厚的兴趣，恨不得把所学都传授给我们，讲解得非常详细明白，有许多人都感到绝大的兴味。但是也有一点不好，每次遇到同学中有人不高兴听讲，或做不出浅易的习题时，他总是露出十分难过的表情。他不责骂我们，只是自己难过，但我们见了觉得比责骂更难受。他以为数学万能，数学至上，人们要是不懂数学便是虚过一生，他不能让我们虚过一生。他爱我们，而我们委实没有法子使他不失望，为了时间与精神的限制。

为报答他的好意，同时也顾全自己的面子起见，我只得实行欺骗。我有好几个堂兄、表兄都是爱好数理的，我常写挂号信快信去央他们代做练习，然后自己削尖了铅笔，撒芝麻似的全抄在书中空白处，以供上黑板时应用。有时他临时出了几十个题目，急得我满城乱跑。考试时就得足足开上五六夜夜车，每考一次数学，我总得请几天病假。

二年级代数由他教，三年级解析几何由他教。到毕业那年女生只剩了我一个，这不是我的数学成绩忽然好了起来，也不是索性不管他难过不难过了，原因是我已有了一个像初中时每天塞纸团给我的某女士一般的人儿，那就是坐在我背后的一位男同学，也就是我现在的丈夫。

霹雳一声，会考开始，急得我们惶惶如也，最大的难关，还是数学。学校当局也深知其故，乃增加钟点，从初中一年级的课本起，一概加以复习，每星期多至十余点，使人人有抗算急于抗×之感，乃有反对会考之宣言。老实说，要是会考科目中没有数学，至少有十分之八九学生同我一般，不会在那篇宣言后签名的。我们不会想到会考不合教育原理，不合这样，不合那样的，你为上数学课，开夜车做习题做得头疼欲裂了，才想出那篇冠冕堂皇的会考十大弊害宣言。

会考过去了，接着首都×大入学试验又是要各科在标准分数以上，据某报所载这次N属六县中就只我一人侥幸，有许多考文学美术音乐体育的都为做不出数学而落榜了。至于我又为什么能够录取呢？说也凑巧，五个题目中有两个是昨夜刚看过的，一个是从右邻的那个很美的女生处窥得，她的卷子放在左边，上面还只抄好一题，自己正拿着钢笔在草稿纸上划来划去苦思，这一题使我成了功，但入学后我从未遇到过这位美丽的女郎，也许她也落榜了，因此我永没有机会向她致谢。

因为我入的是文科，从此我就和数学绝缘，除了每日应用的加减乘除以外。我为它确是受过不少苦，至今想起来犹觉心悸。我不曾得过它什么好处，物理，化学，生物等尚能使我理解一些日常所见的东西，而它于我简直毫无关系。我觉得强迫一个爱好文学的人去做什么代数三角，正同勉强一个研究数理的人去攻读四书五经一样的浪费精力与时间。

中学生不一定个个是天才，还望教育当局替我们估计一下能力，再来定课程标准才好。

女生宿舍

前年暑假后我考入中央大学，住在西楼八号。（当时中大女宿舍分东、南、西、北四楼；各楼都有它的特色：南楼是光线足，东楼空气好，北楼形式美，西楼则为臭虫多。）那里是一个很宽大的房间，铺了五张床，窗侧还有一门通另一小室，住在这小室内的人进出必须经过我们的大房间。因为西楼八号是全女宿舍中最宽大的一间（别的房间都只能容纳一人至三人），而室中主人的性情又各有差别，形形式式，煞是好看。

一个长方形的房间，正中是门，门的两旁各有一窗，其对面亦有两窗：魏懿君的床位就在此二窗之间，与门遥对；梅亦男与我则睡在门的左右旁；与我头尾相接的是王行远；与梅相接的是李文仙。除了魏懿君的自修桌在她自己床前外，我们四人的都各据一窗，与自己床位相近。室中央置五个书架，各边密合，成一正五角形。在正对着门的那条交线下，放了一只马桶，每晚你去我来，主顾不绝，有时且有供应不及之患；因为我们四人的头睡时都集中于此二旁，登其上者左顾右盼，谈笑甚乐，睡者既不嫌饱嗅臭气，坐者又何惜展览臀部；只是苦了那位住在小室中的周美玉小姐，臭味即尚可忍，身份岂容轻失，于是每晚归寝时总须用块淡红绸帕掩掩鼻子，回到小房间里还得吐上几口唾沫。

当然，周小姐是西楼女生宿舍中的贵客：她有一位在京做官的父亲，还有一位在沪当买办的未婚夫，而且亲友中又不少达官富绅，像这样的一位娇小姐，又是不久以后的贵夫人，不加些雍容华贵的装饰怎行？于是面厚其粉，唇红似脂，鞋高其跟，衣短其袖，伞小似荷叶，发皱如海波……袅袅娜娜地出入于政治系三年级教室，立而望之者不少。与之相反者为魏懿君，肄业于中国文学系四年级，不整齐的发，黑旗袍，面色枯黄而有雀斑，年龄还只廿三岁，望去却如三十许人。然据梅的统计，全室中年龄最大的还是周而不是她，其余梅与她同岁，李今年廿岁，王行远与我则同为十九。为了好奇心激发，我有一次在房中与周闲谈时问起她的年龄，不料彼怫然不悦，谓欧美交际习惯，不能问人年岁，尤其对于女子；并责我身为外国文学系学生，不应明知故犯。我忙解释自己素不拘礼，更不知密斯已入欧美籍，致违"入国问俗"之训；此后誓将John V. Barrow之 *Good Manners*①一书背熟，免劳密斯娇嗔，她见我嬉皮笑脸，却也奈何不得，在表示原谅后，说她的实足年龄为廿二岁零十一个月，若按中国习惯法计算，却要说廿四岁了，不过我们应该采用欧美算法。

但是这些计算法于梅丝毫不发生兴趣，她在体育科读了三年，除了五十公尺，百公尺等要用算学中数字，Ready！Go！②喊口令时用几个英文外，什么牛顿莎士比亚都不放在心上。还是国文有用处，最后的幸福能使她流泪，恋爱尺牍也得常备案头。可是在初开学的几天她似乎连这些兴趣都没有，天天躺在床上，睡了一觉又一觉，睁开眼时就掀开毯子捉臭虫，捉了七八只又不高兴再捉，顺手扯了一条长"灯笼裤"向胸上一丢，又自酣睡过去。要不是一天到晚总是有吃饭、会客、听电话、大小便等事来麻烦她的话，她定可以一昼夜睡上廿四个钟头，至少也得廿

---

① 译为：约翰·V. 巴罗的《好习惯》。
② 译为：预备！走！

三个。

这种贪睡的习惯在李文仙可是不能，她与我及王行远同是本年度的新生。然而她入的是化学工程系，故不能与我们外文系相较，更不能与王的教育系并论了。她一天到晚做习题，做实验，每天开电灯起床，点洋烛归寝（因为那时电灯早已灭了）。布衣，素面，另有风致，王称之为"自然之美"。魏虽早寝而睡不着，欲早起又疲困欲死，终日哼哼唧唧，执卷吟哦。我与王睡眠时间无定，有时晚饭后同到外面逛逛，经过会客室门口时，只见灯光灿烂，对对男女，含笑凝神，继则挽臂出游，时王尚无爱人，我虽由母亲代拣了一个未婚夫，但他待我也是漠然，眼看着人家陶醉于热爱中，不免又羡又妒。

"他们也许是兄妹吧?"王凝望着我。

"也许是亲戚!"我凝望着她。

"总之，就算是恋爱这个玩意儿吧，虚伪，浅薄，肉麻，只好骗她们这批笨蛋!眼见着没落就在目前，继着狂欢来的是遗弃与堕落!"我们像发现了真理似的，胜利地相视一笑，也随在他们的后面，挽臂而出。

南京可玩的地方虽是不少，可是选择起来，却也无几。太远了不好去；距中大最近的是北极阁，农场等处，在十时前去会使你挤出满身汗来，还被男生们品头评足，走路姿势尚不知采用何式为妥，哪里还有心情去欣赏这"秣陵风月"？十点以后你若是要去原也可以，只是不知要受多少绿树浓影下的情侣的咒诅。有一次我同王在农场池边只说了一声："此刻正是'月上柳梢头'的情景呵！"次晨碰到北楼的许小姐，含羞带愧的嗔着我："密斯冯，你真会糟蹋人，我同密斯脱张不过是朋友呀！"

"我可没有说你们什么呀！"我愕然问。

"你还装傻哩，"她瞪了我一眼，"昨夜说些什么柳梢头不柳梢头葬送人！"

"我们委实不知道你们也在那儿。"我说老实话。

"你俩都是瞎子！不理你，你同王行远这两个坏孩子！"

过后我把这话告诉了王，她也摸不着头脑。可是此后我们两个不到农场去了，北极阁上也自绝迹。有时真闷得慌，到马路上绕几个圈子，尘埃飞扬，几乎要害沙眼，结果还是回到女宿舍的草地上坐着闲谈，从伊丽莎白女王而谈到西楼女仆王妈，觉得南京女人最可厌。

"冯，南京女人虽不可爱，但较你们这些文弱奢华的浙江人要好得多哪！"

"所谓民族英雄蒋××氏不是浙江人吗？"我反辩。

"我说的是女人呀，尤其是苏杭，一个个涂脂抹粉曳着拂地的长衣……"

"可是你不曾见过苏州的大脚娘姨哩；还有我……"我指着自己的鼻子。

"你们宁波女人最俗气！"

"你们湖南女人是蛮子！"我们扭着相打起来，锐声叫喊。周美玉小姐听见了声音，忙跑下来问究竟，不料高跟鞋踏住旗袍下摆，摔了一跤，膝盖上的真丝袜破了一个大洞；因此迁怒到我们：

"快熄灯了还不来睡吗？"

"你又不是女舍监！"王反唇相讥。

"我们现在是大学生，没人管了呀！在家里还怕妈妈，在校里可由我胡闹。"我也在帮衬。

说起了家，王就高声唱起 *Home, Sweet Home*① 来，她的音乐天才原是全校皆知的，这次在夜色如水，繁星满天的时候有所触而歌，当然更较在教师钢琴等前测验时好得多，当她唱到"I gazed on the moon as I tread the drear wild, And feel that my mother now thinks of her child..."②一时歌声戛然而止，六目互视，相对

---

① 译为：《家，甜蜜的家！》。
② 译为：当我踏着清冷的荒野，凝视月亮时，仿佛感到我的母亲此刻正在思念她的儿郎……

黯然。

"我可是没有母亲的呢!"周的眼中显然带着泪痕。

"你不是有爱人吗?"王忽然笑了起来,各人的心都立刻轻快起来,尤其是周,愉快地告诉了我们许多关于他俩间的事,并说:"我在他跟前些没有隐藏的事,我爱他,也希望他爱一个真正的我。我要让他看看我的真面目!"

我不禁抬起头来对她笑道:'那么你为什么要让胭脂香粉来隐藏你真正的肤色呢?"

大家来个"会心的微笑"。

谈起爱情问题来,魏总是不发一言,而且故意拿起杜诗来细阅,但其实我们知道她听得比谁都出神。平常谈论时总采用问答式,我与王满怀好奇的发问,周则根据其经验及理想,津津有味地解答。我常问她"男子向女子求婚时怎样开口呢?"这类问题,因为我过去虽曾接到过二打以上的男性的求爱信,却没有一个"当面锣,对面鼓"的向我开口过,我常常幻想将来也许会有一个潇洒风流的男子来向我求婚,难道他一开口便说:"你做我的老婆好不好?"抑或如信中所写般:"高贵的女王啊,让我像负伤的白兔般永远躲在你的宝座下吧!"——假如真有人当面会这样说的话,我疑心自己会从此得了反胃症。

王所问的较我更romantic①，她常追问这些："接吻时女人是不是一定要闭上眼睛？""与有髭的男人接起吻来，是不是更够味儿？"……那时刚做完大代数起来小便的李文仙也参加意见，说是照她的推测，将来接吻的方式定会改变，因为吻唇须防细菌传染，不合卫生。

恋爱问题讨论毕就讨论理想中的配偶的条件，梅小姐一口咬定说自己抱独身主义，因为结婚会妨害她的事业。

"事业？最大的事业也无非在远东运动会上得一些奖品吧？"王冷冷地说，"你的出路是体育教员兼交际花！"

"你呢？当女义勇军去；再不然，入×党，拖出枪毙！"梅也替她预言。

于是预测各人结果：周美玉小姐，摩登少妇，整日陪丈夫出入交际场所，终身不持针线，不触刀砧。魏懿君则患歇斯底里，当女舍监，入天主教。李文仙应速转男身，鼻架几千度之近视镜，终日研究阿摩尼亚。而我呢，据她们意见，只配嫁潦倒文人，卧亭子间读T. Hardy②小说。

在这个预言说过后的寒假中，我结了婚，吾夫既非文

---

① 译为：罗曼蒂克。
② 即托马斯·哈代（1840—1928），英国小说家，其代表作为《德伯家的苔丝》《无名的裘德》。

人，亦非潦倒。次年夏我因怀孕辍学，魏亦毕业，嫁一花甲老翁做填房，长子的年龄比她还大上十年。今年暑假，周、梅毕业离校，各如所料。本学期在校者仅王、李二人；不料旬日前李文仙因用功过度，咯血而死；近视镜还只配到八百余度。今宿舍中旧客硕果仅存者唯王行远一人，天天独坐在马桶上干着"行自念也"工作。

涛
——生活的浪花

　　生命像海，平静的时候一片茫茫，没有目的也无所适从，但忽然波涛汹涌起来了，澎湃怒号，不可遏止，后面的推着前面的，前面的推着更前面的，大势所趋，不由得你不随波逐流的翻滚过去。一会儿，风停了，浪平了，剩留下来的仍是一片茫茫，疲乏地，懒散地，带着个波涛的回忆。

　　我是十二岁那年进中学的，正值暴风雨前夕，空气沉闷得很。我所进的中学不是所谓普通中学，而是叫做县立女子师范学校。——这是鄞县唯一的中学程度女子读书的所在，因为那时根本没有男女同学这回事，而且连做梦也不曾想到。

女子师范在月湖中央，校舍占着一块风景优美的土地，唤做竹洲的。竹洲的古迹很多，说起来在很早的北宋庆历间，就有个楼西湖先生（郁）徙此讲学，不过那时还不叫做竹洲，叫做松岛。到了南宋淳熙时，史忠定公（浩）筑真隐馆于其地，乃更松岛为竹洲。后来又来了沈叔晦先生（焕）同他的弟弟（炳）居于真隐馆之右，各开讲院讲学，热闹非凡。其后更是代有闻人，如楼宣献（钥）之筑锦照堂，全谢山（祖望）之著书于双韭山房，黄徽季（以周）之主讲辨志精舍，这些都是四明人士所津津乐道的，我们的校长史老先生更道之不厌。

史老先生是前清的秀才，也是我祖父的老朋友。他有一张满月般、带着红光的脸，三绺牙须，说长不长，道短却也不短。说话的时候，他总是用手摸着牙须。轻轻的，缓缓的，生怕一不小心摸落了一根，那可不是玩，比打破他那副无边的白玻璃眼镜还要难过。我听说有生以来，他的眼镜玻璃只打破过一次，那是我进这学校的上半年，据说有一个高级女生因入了国民党，清早邀集三五个同学在操场上谈论男女平等，自由恋爱什么的，给我五姑母——师范学校的女舍监——听见了，打鼓似的笃笃笃一双小脚穿着皮鞋拼命向校长室跑去报告，那时史老先生刚坐下喝过茶不久，一手摸着牙须，一手正摘下那副眼镜来揩拭，因为茶的热气往上冲把他的眼镜玻璃弄模糊了，五姑母气喘喘的进来，把这话断断续续说了一遍，史老先生听到"国民党"三字，手便一颤，牙须幸而没扯断，眼镜却啪的掉在地上了，虽由我五姑母赶紧弯腰拾起，但已不由得他痛惜，白的薄的玻璃竟碎了一片。

碎了玻璃还不够，渐渐的连史老先生的心都碎了。因为后来这个入国民党的女生虽经迫令"自动退学"，而高级女生中似乎开了风气，常有切切嚓嚓私下在操场或在校园或在厕所中私谈情形，害得我五姑母小脚穿皮鞋笃笃笃跑来跑去忙个不停，史老先生也常摸着牙须轻轻叹气。我进了这学校，瞧着奇怪起来，偶然问人，人家就把这经过告诉了我，我始恍然大悟。但大悟之后却又有些不解：国民党是什么？入了国民党的为什么就要勒令退学？我把这话向五姑母询问时，五姑母却大大的惊慌起来了。

她涨红了脸，气急败坏地警告我："什么？你……你孩子家也知道国……国民党了吗？谁告诉你的？幸而……幸而还好，不曾给他……他老人家知道，要是他老人家……史老先生知道了，你得当心……以后快不许说！"

我也慌了，真是一句也不敢说。但不到下午，史老先生就来叫我到校长室去，我五姑母正站在旁边。五姑母的脸孔通红，史老先生这时却像红光给她全借了去似的，显得有些青白，他的面容看去似乎很动怒，但却带着轻微的悲哀。

我站在他的面前，抖索索地，一鞠躬。

他略微点点头，左手端着茶杯，右手开始摸牙须起来。他对我说了许多话，文绉绉地，引了许多古书，我一则听不懂，二则心里慌，许久许久，才抓住"玉石俱焚"四个字，大概是说我若再跟她们胡闹下去，将来就不免玉石俱焚了。但是事实上我并不曾跟她们胡闹过什么，我只不过问了一句，不知五姑母是怎样向他报告的，我想解释，然而他已挥手令我出去了。这是我进女子师范后第一次能有机会跟他谈话——不，应该说是"听"他谈话。

第二次他喊我进校长室去，原因是我不该梳了两个辫子头。原来当时女校有一种规矩，便是附小女生梳辫子，师范女生梳头，不问年龄大小，只讲程度高低。我十二岁进中学，当时是最年幼的一个，许多十八九岁甚至于二十余岁的附小女生都拖着长辫子，但我却要绾起一个髻来。髻的式样很多，有直S，有横S，还有其他各式各样的头，但是我却梳不来。我只能学着一般最老实的人的样子，梳顶老实、顶便当的辫子头，那就是打好一条辫子，把它胡乱绾起来，用几个钗来夹住便是。有时候连跳带跑，钗掉落在地上了，那辫子就失了羁绊，曲曲弯弯，像小涧的流水般垂挂下来。于是有人向我建议：你的年纪轻，后头梳独个髻不像样，还是当中挑开梳两个吧。我想起古装美人图上的丫鬟，觉得她们的垂髻样子还好看，就照着做了。

不料史老先生却又喊我进去训斥，这次他的脸色更青更白，右手不是摸牙须而是紧紧握住牙须了，他说："你为什么不守校规？梳两个头，成什么样子？古语说得好，天无二日，民无二主——真是造反了！"

五姑母站在一旁面色通红，像不胜热闷似的；但四肢却又像怯冷，抖索索地。我想，梳头与造反又有什么关系？两个辫子头又怎么上比太阳或人主起来，真是莫名其妙。待要启齿询问时，嘴唇一翕动，五姑母便冲着我呵叱："还不快出去把头梳过了！谁叫你梳两个髻的？是谁在教唆你？——快出去呀，赶快把头改梳过。"我噙着眼泪，委屈地退了出来。

从此我的辫子头又归并起来，合而为一了，但整个的中国却仍旧四分五裂，国民革命军从广东出发，一路浩浩荡荡的奔向浙江省来。

在第二年春光明媚之际，同志们终于完成了光明灿烂的工作，整个的县城里都悬满了青天白日旗，只缺少一个地方，那便是我们史老先生管理下的女子师范。红的旗，加上一角青天白日，花样是新鲜的，一切机关，学校，团体，甚至于时髦的家庭都在赶制，制成一面簇新的旗，挂起来，挂得愈高愈好，迎风招展，似在普遍地向四方男女青年打招呼。于是青年们仰面对着它，千万颗心儿一齐向上飘，呼声愈来愈高：打倒帝国主义呀！打倒土豪劣绅呀！女子解放呀，剪发呀，最后还来一个要求，便是男女同学，这可把史老先生真真气坏了。他坚决地拒绝悬挂国旗，说是一切罪恶都由它带来，于是高级同学嚷起来了，史老先生便实施封锁政策，一概不许出校门。走读生暂时留住在校中，本埠寄宿生连星期及例假日也不许出外，但是外面终于也得了风声，在学校的周围，墙上，柱子上，商店橱窗上，统统贴满了标语，那便是千篇一律的，驱逐腐化分子史老顽固的要求。这些标语，我们本来也不会瞧见，原因是喊张妈去买花生米，糖果店贪小，把它撕下来作包纸包了，所以才能到达我们眼帘。"铲除腐化分子呀！""打倒史老顽固呀！"学校里也喊起来了，而且第一次作事实上示威的，便就全体剪去头发。

记得有一位高级同学对我说："苏青，你不怕麻烦吗？这样小的人梳着个辫子头，小老太婆似的，多难看呀！他们连梳两个都不答应你，专制手段，你还不反抗谋解放吗？"于是我连连点头，她便拿起剪刀飕的一声，替我头发求得解放了。

当我五姑母笃笃笃晚上走着来查寝室时，只见桌上满是乱发及剪刀，她便吓了一大跳。她站在房中央喊："你们都睡着了吗？瞧，这是什么？桌上哪里来的这许多头发？谁是值日生？……"一连串的问题尽管由她追问下去，可是谁也不回答，大家假装睡着了，她更加气起来，去瞧值日表上的名字，真糟糕，写的刚巧是苏青！

她揭开我的帐子吼："阿青，还不快醒来，你不知道你是值日生吗？"

我的头早钻进薄棉被里去了，听她这么说，只在被底下吃吃笑着回答："我值日可是不值夜啊！"五姑母呆了半晌，猛地把棉被直揭开来，我的头发早已披散在满颈满额！

当她揭开一张张床的帐子，发现一个个人都变成满头乱蓬蓬的短发时，她忍不住连跌带撞的跑了出去，一面抖索索地嚷："反了，反了，我去告诉史老先生去！一定是要自由恋爱，所以剪头发。"她的样子像疯婆子，我们都坐起在床上瞧着笑了。

后来大概是为了男女有别，她不好意思在黑夜里去叩史老先生的寝室门吧，她终于留在自己房间里兜圈子，小脚穿皮鞋笃笃踏着乱响，响了大半夜，也就没有声音了。次日一早，当我们正在对镜梳短发自个儿欣赏的时候，校役老王，拼命的摇着铃说是有紧急事要开大会了。

礼堂中乱糟糟的，一些没有秩序。史老先生站在讲坛上，两旁站着七八个老师，下首还有一个五姑母，脸色苍白，眼睛呆滞地。史老先生穿着灰布长衫，黑马褂，神气很镇静，牙须似乎梳理得特别整齐，一手轻轻捻着，一手按着讲桌开言道："诸位同学，请不要吵，大家维持秩序！"

顿时全教室中变成死样的寂静。我坐在最前排，心里有些慌。只听见史老先生缓缓的说下去道："兄弟来到这里，已有十五年了，有许多同学与我说起来都是世交，譬如说苏青君吧。"他放开捋牙须的手指着我，我的头直低下来："我与她祖父是同年进学的，她的母亲也是我学生，现在我看她好像自己的小孙女儿一般。……但是，唉，连像我小孙女儿一般的人，现在都背叛我了——不，应该说是离经叛道了。我从小读圣贤之书，一生自问大节无亏……"他说到这里，只听得台下的嗤嗤笑声放了出来，但不知怎的，我只觉得心酸，暗暗咽着泪。

他又接下去说："你们不要笑，我是老顽固，我情愿做老顽固，决不肯盲从轻薄子弟，谈什么自由恋——唉，这种粗话我简直说不出口，真是禽兽世界！就是说女大当嫁吧，也得由父母之命。如今你们都剪了发，将来于归之日拿什么插珠花的？……"

"我们决不要戴珠花！""我们决不出……啐！"台下又夹七搭八起来。

史老先生更沉痛而镇静地说："不，你们一定要戴珠花，女人总是爱美的。就是不戴珠花，也得戴别的，将来你们一定会后悔，一定会重新蓄起发来——"

"不！决不！我们不要听。"

"你们不要听，也好，"史老先生的声音开始带着嘶哑，"我也不再说给你们听了，我今天就是来向你们告别。我的辞职书已递到教育局去，他们下午就会派人来接收，明天早晨你们大概就可以有一面簇新的旗子悬了。其实，哼，我知道他们也只能够替你们悬面旗子而已，还有剪头发，这就是所谓革命。——苏青，你的年纪小，犯不着给人家利用，玉石俱焚，下午休了学跟你五姑母回家中去吧。"

不等到我的同意，吃过中饭五姑母就雇来一只划船带我回家中去了。我终于瞧不见簇新制的青天白日满地红国旗，虽然我的头发据说已经得了解放。

住在家里，真是寂寞得很。五姑母常向祖父唠叨，说是世风变了，女孩儿们也变坏了，剪去头发，像只鸭屁股似的。但是祖父却不以为然，说是梳头原也太麻烦，革去辫子倒好。他甚至于连男女平等也赞成，女子服务社会也赞成，就是有一件事他莫名其妙的，却万万不能够同意，便是所谓自由恋爱。

哥哥暑假中从城里回来，说是史老先生早走了，女子师范也将改办中山公学，实行男女同学。祖父说男女同学也好，大家可以切磋学问，只是少男少女相聚一堂，千万别闹出花样来才好。

哥哥说："便闹花样又有什么关系呢？现在许多人都赞成自由恋爱啦！"祖父听完便勃然大怒道："什么叫做自由恋爱？那简直是苟合行为，雌狗与雄狗似的一遇便合。"五姑母则坐在旁边抖索索地连声叫我："阿青还不快出去瞧你母亲，站在这儿听些什么东西？"

我咕嘟着嘴真个出去了，不听也罢，横竖哥哥已偷偷地送给我许多关于《三民主义浅说》之类的书，闲着没事，我可以悄悄地看。书的里面，还夹着一张从报纸上剪下来的党歌及谱，另外是一张油印的总理遗嘱。

我喜欢唱歌，央求哥哥教给我唱党歌，但是哥哥不会。我没有办法，只得自己轻轻按着谱哼，哼来哼去，居然自己听起来也还成个调调儿了。至于总理遗嘱呢？那更是我用功的宝典，一字字，一遍遍，念过又念早已念得滚瓜烂熟了。

过了暑假，哥哥便进中山公学去，我却被强留在家中。据祖父说：只要男女学生不要闹得太不像样，下学期就让我去复学；要是不然，还是留在家中帮母亲做些事吧。

我不喜欢帮母亲做事，像五姑母般，说是帮着祖母做菜，却要咖喱烧牛肉啦，乡下没处买咖喱粉，差我去问慎大杂货店老板，老板说："小姑娘你别寻开心，蛤蜊粪要到海中去捞，小店哪能买得出呀！"五姑母做不成新花样的菜，赌气要做点心了，她的拿手杰作是香蕉布丁，乡下有的是鸡子，有的是麦粉，却又缺少香蕉油什么的。

于是五姑母叹气了，祖父也随着叹气。祖父叹气的原因，倒并不是因为吃不着咖喱牛肉或什么布丁，他为的是近来常接到哥哥从校中来信，说是校中教员多相信共产主义，天天闹着同家中小脚老婆离婚，而一般青年学生呢？则是开口马克思，闭口鲍罗廷的，上课时与女生肩并肩儿坐着讲同志爱，因此校中虽然实行不点名制度，可是他们也决不肯随便缺席。而且有时还常有"争席"现象，便是女生人数太少，有许多得不到与女生同桌并坐的，便埋怨辅导处排座位不公平，要求再来个抽签决定，或者索性采用轮流制，一星期换一次座位。

祖父看了信总是长叹，叹息完了，才又记起附着寄来的各种杂志。杂志常是横排的，祖父瞧着嫌吃力，把一副老花镜架上又取下，取下又架上，忙个不停。五姑母说，老人家还是歇歇力吧，这种左道邪说有什么看头？祖父说，国民党共产党理论都还不错，就是实行起来出毛病，男女同学若不能管束得严严密密连互相瞧一眼都不许，索性还是暂缓几年等这些青年老成些再说吧。

以上的话虽然是祖父的私见，并没有向当局建议，但是贤明的当局毕竟与祖父所见略同，不到三个月便把中山公学解散了。解散的原因，听说倒不全是为了澄清男女关系，他们有的是政治背景，这叫做清党。

哥哥回到家里，把学校解散前情形说了又说。他说：真是有趣哪，起初是打倒土豪劣绅，打倒城隍菩萨，学生一队队出发，耀武扬威的。后来耀武扬威的权利却不知怎的让给军人了，一队队武装同志冲向学校来，将校门前后把守住，先拣空地放枪示威，于是大搜赤化分子，有红围巾的女生要捉，名字叫做张剑赤的也要捉，党国旗画得歪的，或是和这些画歪党国旗的人通过信，同过寝室，题过纪念册的都要捉。

有的人捉去以后，只要做父亲的有熟人在党部做事，或与什么机关有联络，便可托情保释。有的则是备受苦刑，之后还解到杭州，解到南京。

据说邻县有一个小学女教员，十分漂亮，有位党员老爷追求她不遂，便把赤化嫌疑品交给往捉的人带去，塞在她的小网篮里，这样便把她带进司令部来拷问了。拷问过后，关禁在狱中，于是那位党员又去讨好，向她求婚，说是只要她愿意，便可替她洗清冤枉。可惜那位女教员真是太年轻了，太纯洁了，太不会骗人，她说她实在不能爱他，还骂他无人格。他恼羞成怒，结果那个女教员是枪毙了，死的时候很漂亮，看枪毙的人都啧啧称羡她藕也似的玉臂不忍离去，那位党员老爷也下了泪，据说。

那位漂亮的女教员终于屈死了，我哥哥说，中国少了个革命女同志。我五姑母则哼了一声道，漂亮的女人哪里会革命？完全是自由恋爱害了她，怨不得党员。祖父一声不响，眼望着天；我也随着他所望的地方找去，仿佛瞧见一个天真无邪的女郎，乱舞着藕也似的臂膀在哭喊："冤枉呀！我死得好苦!"

过了年，那个由女子师范学校而改为中山公学的，终于又从中山公学而改为女子中学校了。校长是一个漂亮的女性，姓邹，刚同她丈夫离婚不久。她在大学还只念完一年课程，中学就在女子师范读的，与我五姑母有师生之谊。她写信来请我五姑母去当辅导主任，五姑母快乐极了，便忘记她的自由恋爱的罪恶，据说邹校长那时正同一位姓商的党员热恋着，商先生在女中教政治训练。

我吵着要复学，祖父犹疑了一会，终于答应下来，只嘱咐五姑母可要严加管束。我到了学校看见校里一切都差不多，就是党国旗是崭新的，校舍也经粉刷，据说在中山公学时代，男学生都染上涂壁恶习，欢喜到处乱写标语，如"打倒烂污婊子×××"啦，"反对上课递情书"啦，"妹妹我爱你的大腿儿"啦，到处都是，尤以厕所门旁为甚。粉刷过后，虽有些地方还约略可见，但是大家也马马虎虎，好在男生已绝迹了，而门房厨子之类总是下人，癞虾蟆怎敢吃天鹅肉，娇滴滴女学生是决不会垂青到他们身上的。

但其中值得考虑的却是男教员们，老先生辈都跟着史老先生跑了，虽经邹校长再三敦请，但他们都不肯屈居于一个年青娘儿们之下，没奈何，请来的都是些同商先生差不多的年纪的青年。有一位国文教员姓黄的，常常罩着灰色长衫，头发梳得光光，脸孔却长长的有如马面，眼睛细小，走起路来摇摇摆摆，说话三句不离冰心。他常常在教室里叹息着："大海呀，我的母亲！"顽皮的同学应一声"在这里"，却又立刻把脸涨得红了。有一次他教《墨子·兼爱》，一面解释，一面连连摇头说："这种古文沉闷得很，其实不必读，只有冰心的散文，真是恬静，美丽，温婉，多情……唉！"

"先生，究竟什么叫做兼爱呀？"我盯住长长的马儿般面孔，不耐烦地问。

他很快的回答："兼爱就是你爱我，我爱你。"

全教室同学都笑起来了，他不懂，我却懂的。以后同学们见了我便取笑："同你讲兼爱的黄先生来了！"

他常常称赞我，说我的文章像冰心。同学中有人问："究竟是冰心好呢，还是苏青好？"他连连眯着细小眼睛说道："现在是冰心，将来也许是苏青。"同学们笑了，我不笑，望着他长长的马儿般脸孔，心里只惹气。

原来那时女生有一种风气，便是喜欢追求男教员。有一个姓郑的英文教员，人也生得并不怎样漂亮，头发中间分开，戴近视眼镜，常穿一套浅咖啡色西装，我们都叫他"红皮老鼠"。每当他上课以前，教室中空气便不同了，我只觉得空虚而冷静。我想：同学们都到哪里去了呢？后来偶尔给我发现了，原来她们都是在寝室里换袜子，擦粉。

说起来真也可怜，女中学生一律要着校服黑皮鞋，因此出奇制胜只好从一双丝袜上着想，有浅灰的，有纯黑或纯白的，也有咖啡色，但多的却是粉红。当郑先生走进教室来的时候，有的女生故意把脚伸出在座位旁，因此鞠躬时不是"立正"而是"稍息"了。而且有些人弯腰也不规则，直如杨柳般乱摆摇，仿佛在跳舞。为了郑先生，我们女中的同学居然在高喊"打倒帝国主义"之余，也大读其英文。她们常把一课书念了又念，念得顶软顶清脆，于是全教室中便如娇莺百啭，啭得郑先生心花怒放，一迭连声说："明天我来教你们演一出英文剧吧，是哥伦布发现新大陆，Columbus①！"结果在指派剧中角色的时候，被指定演哥伦布的并不喜欢。得意洋洋，却又假装娇羞不胜的倒是一位说白不到三五句的饰西班牙王后的某某小姐。

至于商先生呢？虽然也相当的年青漂亮，但是同学们都不敢惹他，因为他是邹校长的意中人。为了爱邹校长之故，他便不惜和自己乡下太太闹离婚，协议不成，告到法院去。离婚的理由中有一条是说她不孝翁姑，骂鸡骂狗，法官问做翁姑的，你媳妇是否如此，商先生的父亲便回答："我的媳妇是贤孝的，就是儿子被邹婊子迷住了，所以在说热昏话。"结果离婚不成，但商先生还是和邹校长同居的。他教我们政治训练，也常询问时事。有一次他问我一个国际问题，我答不出，他微怒道："你平日不看报的吗？"我说："看的。"他说："那么看些什么呢？"我顿了一顿，便笑着回答道："看的是请求离婚不准。"他大怒了，一言不发，胸脯挺起来，穿着中山装真是神气得很。我有些羡慕邹校长，也有些妒忌她。

---

① 即克里斯托弗·哥伦布（约1451—1506），意大利探险家，航海家，地理大发现的先驱者。

真的，我们在校中看男性的机会是太少了，但被看的机会却多。在一切民众集会的场合中，我们总是被叫去唱党歌的，那时大多数民众还唱不来党歌，而要请女中挑十几个人来代唱。我的身躯生得矮小，站在最前排，尖着嗓子喊唱。唱毕之后，便是主席读遗嘱，有些主席读不出了，或读过又读时，我真替他着急，恨不得滚瓜烂熟地替他代背出来才好。有时候开会完毕后还有余兴，男校是演剧，打拳，或变些化学戏法，而女校则一定担任最受欢迎的节目，便是跳舞。

我记得当时常演的话剧总不外乎《复活的玫瑰》《南归》《孔雀东南飞》《三个叛逆的女性》《咖啡店的一夜》《青春的悲哀》等等，跳舞则是"三蝴蝶""海神舞""落花流水"等为多，那些会跳舞的同学，平日常以美人自居，忸怩作态，校服做得特别小，紧包着身体，而裙子又奇短，吊在离膝差不多有二三寸高处，只遮住个屁股，害得五姑母横眉怒目，恨不得把它一把扯下来才好——但是毕竟没有扯，因为扯下来以后虽然盖住膝头却又遮不牢屁股了，那还了得？

不久，济南事件发生了，于是我们便不再跳舞，而是出外调查某货。国货与某货分不出来，我们只拣花样美丽的给它们贴上封条，急得商人叫苦连天。我们出去调查，是学联会领导的，学联会又听党部指导，有时也合作。商先生差不多天天与我们碰头，不久他终于爱上了与我们同行的一个女生，名叫张剑英，他写信给她说："剑英先生：怎么你的回信还不来？真把我盼望死了；人家说望眼将穿，我是连肩膀也望穿了……"这封信终于落到我五姑母手中，五姑母把它战栗地递给邹校长，邹校长一言不发。

第二天，邹校长便气愤愤地在纪念周上报告我们说："商先生因为调查工作太忙，现在政治训练改请何先生教了，请诸位当心听讲。"云云。但是再过几天以后邹先生却又在纪念周上报告我们说："我近来因为身体不大好，已经向教育局辞职了，新来的是一位刘校长，请诸位……"云云，据说她辞职的原因是为了商先生同她捣蛋。

刘校长的第一件德政便是留住我五姑母。他原是女子师范的旧教员，生得矮胖身材，白麻子，两颗门齿尽管往外扒。他的年纪大概有四十多岁了，态度严肃，使人见了就不敢太放肆。学生们因为畏忌之故，常有人恨恨的在背地唤他为"刘麻"而不名。更因其腹部隆然凸出，走起路来大摇大摆，也就有戏呼之为"十月怀胎"者，不过女孩儿们毕竟脸嫩，提起有关生育的话来未免羞人答答的，因此这个绰号便远没有前者之被叫得响亮而且普遍。

且说那位刘校长是在我级教算学的，从民国十七年秋季开学起，一本段育华著的初中混合算学第五册，教来教去还不到十页，原因是他一上课堂便训话，训的无非是不要被"共产党徒"利用云云。他来上课的情形是这样的：先是上课钟还没有敲毕，他便凸着肚子大摇大摆走进来了，于是我们乱哄哄地跑着跳着找座位，他只不声不响的站在讲坛上，目光四射。等我们大家都站定了，这才恭恭敬敬一鞠躬，若有人不理会，他便用眼睛盯住她，却不喊出她的名字来，一面对全级同学说道："这回不算数，再鞠一次躬。"于是不理会的也只好赧然站起来了。

鞠躬使他满意以后，这便捧起算学书来，故意装出要翻的样子。于是同学们也忙着翻，有的不知是第几页，只用眼睛朝着他瞧，他却忽然露出笑容来了，合拢书本子说："且慢着翻，我还要训话哩。"接着他便说下去了："第一件，女大当嫁是必然的，同学中要是谁有未婚夫来了，大家千万别跟出去瞧，有一次我瞧见有一位同学的未婚夫来看她……"他一面说，一面把眼光转向卢月香身上，卢月香的脸马上涨得全都红了，这不仅是含羞，也带着不少愤怒的成分在内，于是我就代她解释道："那不是她的未婚夫，是朋友。"不料刘校长却倏地板起面孔道："若不是未婚夫就请他以后少到这里来吧，要交朋友切磋学问，这里的女朋友可是多得很哩，还有各位教师，又何必找外面男人去？"说得卢月香的脸几乎凝成紫块了，他才慢慢改变话头：

"总之，这件事情不大好，以后要改过……第二，学生会既已改为学生自治会了，范围自应缩小。学联会的命令虽该接受，但差不多的地方只要派几个代表去敷衍下便了，犯不着全体出席，招摇过市，白白给人家品头评足……"

"评也只得由他们评去，难道我们就因噎废食？"有位同学轻轻的提出抗议。

于是我也得意地自言自语道："而且他们会品我们，难道我们就不会品品他们吗？"话犹未毕，只见刘校长在上面猛可变了颜色，怒气冲天地用力把讲桌一拍，大喝道："谁在说话？站起来！"于是我们都低下头去了，眼中含泡泪，连瞧也不敢再瞧他一下。

"要说话的站起来呀！"他再怒吼一声，唾液飞溅，我坐在最前排，亲承謦欬，不禁打了几个恶心。

"没有人说话，"他顿了一顿，声音马上和缓起来，"那么大概是我听错了——总之，你们应该以学业为重，一切集会还是少参加为是。"

然而集会究竟是必须有人参加的，刘校长也不能十分违反潮流。他对于这些党部或民众团体等虽然敬而远之，但总也不能不稍为敷衍，敷衍的办法就是牺牲代表。最可惜的，便是我当初因得过几次演讲会的奖，便被推定为出席代表了，出席代表去出席任何集会，从前本来是不当缺席论的，但自刘校长接任后，便改为"作请假论"，于是我便无缘无故的每学期要缺上几十点钟课。这事我现在认为可惜，但其时却得意洋洋，为团体而牺牲，有什么不好向自己解释呢？

于是我直着喉咙在小教场民众大会的演讲台上嚷，嚷些什么呢？已经记不清楚了，大概总是"解放！解放！"之类罢了。但我却永不能忘记那时怯怯上台的情形，心里抖动着，嘴唇跟着抖，但是拼命要装得镇静，在十数个党部代表、工会代表以及武装同志的身旁钻过去，一个矮而瘦小的女孩子，蓬松的头发向右脸一甩一甩的，眼睛只露出一只，却要正视着台下数千的民众！我来不及想象人们对我的印象如何，批评如何，只是努力把自己的喉咙提高来喊，播音机是没有的，地方又是广场，因此声音便逼成尖锐刺耳的了，但也管不得由它去，喊完了下来，这才透出一口气，心中如释重负，马上又觉得自己英雄起来，几乎成为宇宙中心，想来女人以稀为贵，今天哪有人不在啧啧称羡自己的呢？

意外得到的报酬是：一个四十多岁的武装同志接连给我写来了三四封信，每封信内都附有他的近作白话诗，最后一首我还有两句记得，是："病了的孤雁哀鸿，希望在你的心中觅个葬身之宫！"这可把刘校长及五姑母都吓坏了。他们把我悄悄地唤到校长室中，屏退仆役，掩上门。他的脸色很严肃，沉默了半晌，说："自由恋爱我也赞成，不过这位队长的年龄似乎太大了，他已有四十多岁，而你只有十四岁。还有，他是广东人；还有……"他说到这里，我已经给吓得哭了，但五姑母却又面如死灰般急急摇手阻止我，一面又提手蹑足的走到门缝边去瞧外面可有什么人在听，结果当然是没有，她这才如释重负般对我低斥道："还要哭？这种事情给人家知道了好听吗？……现在快别提了，以后不许再当什么代表，赶紧装病辞职……"她愈说愈兴奋，声音也就高了起来，这次却是刘校长摇手把她止住了，觉得过于逼我也没有用，况且就信中的话看来我实在也是无辜的，又不曾回复过他半个字，他尽管要写信来，叫我可有什么法子呢？而且这种人在学校方面也是不便得罪他的，以后只要关照门房，有人来访苏小姐就说本校从来没有此人；若是来信呢，对不住就原封退回……事情也就到此为止了，以后我便给关禁在校内，直到十月十日国庆纪念提灯会那天。

我校接到参加提灯会的通知，是在国庆前三天下午，因为灯笼须各校自备，大会筹备处不能贴钱供给。我们得知这个消息，真是兴奋极了，上课时纷纷向各教员打听，征询他们的意见可预备参加。然而一些消息都没有！校长办公室静悄悄地，不闻传出准备参加的通知；总务处办公室也静悄悄地，不见有人去购买灯笼，这可是怎么办呢？看看挨到国庆前一日了，热心的同学们便怒骂起来："不预备庆祝国庆了吗？亡国奴！"

——大家谁不愿当亡国奴就得参加！

——没有灯笼也成呀，搓条纸卷儿燃起火把来不就成了吗？

——向刘校长质问去！

——向刘校长请愿去！

——……

结果是由学生自治会主席召开执行委员会临时会议，再由执行委员会临时会议议决召开全体大会。全体大会议决推出七个代表来向刘校长请愿，真糟糕，苏青又是其中之一。

这次刘校长却是且不理别人，只对着我一个训话了："苏青，你不记得过去这次事情了吗？深更半夜，一大群女孩子提灯笼出去，哼！——苏青，人孰无过，过而不改……"说到这里，他的头便大摇特摇起来，似乎觉得我这个人真有些不知羞耻似的，但是我当时委实被一团高兴弄糊涂了，见众代表都不开口，只得涎着脸说："但是，刘先生，去开会的人正多着呢！"

"人家是男人呀！"

"难道女人就不是人吗？"我的男女平等理论又提出来了。

刘校长叹一口气，说："女子要出去就得有人保护……别笑！你们不懂事，没人保护是不成功的。"

我的眉毛剔起来了，其余六人也都露出愤愤不平之色，校长室外探头探脑的满是围拢过来瞧动静的人，她们察言观色的仿佛知道我们已碰了钉子，大家就在外面切切嚓嚓地私语起来，有几个胆大的还放大声音喊："我们要去！要去！"刘校长慢慢站了起来，摇摆着向门口走去，门外的人都笑着跑了，脚步凌乱地。他这才又踱回来，顿了一顿，严肃地向我们说道："你们一定要去，也可以。我请几位先生保护着你们去吧，不过你们要听话——国庆是应该欢喜的，我爱民国。但是，唉！"他默默了一会儿，我们见目的已经达到，便也不理会这些，只鱼贯退了出来，报告众同学去了。

果然，第二天上午总务主任马先生忙着亲自去购办灯笼了，晚饭提早半小时，整队出发。立正，报数完毕，足足有四百六十七人，于是矮的在前，长的在后，灯笼红绿相间，蜿蜒街衢间，看热闹的人愈来愈多了，流氓们高声说笑：

"这么多的鸭屁股，倒着实好看。"

"这些姑娘们只要给我两三个也够了。"

"那个好看呀！这个丑死了。"

"瞧，她们在笑哩!"

"瞧，她们在摸自己的……呢!"

说得大的女同学们都把头来低了，小的歪头嘻嘻笑，体育教员吴先生穿着紫红旗袍，短齐膝头，背上还搭块金黄与黑相间成条的大围巾。阳历十月裹围绒巾本来嫌早些，但是吴先生身躯素来娇弱，今年还只有十七岁，刚从上海××女体专毕业回来的，因此穿得特别漂亮。"这个是谁?"路人们开始注意她了，"是校长的女儿吧?"

"也许是小老婆!"

吴先生听了啐声："要死!"脚下高跟鞋一滑，就跌倒了。总务主任马先生赶快来扶，但她仍痛得走不动，他只好挽着她走，于是队伍中又开始切切嘁嘁起来，说他们是"两老"（即宁波话夫妇之意），又说他们在"体贴"了。

大家到了中山公园。

于是开会，读遗嘱，演说，喊口号，最后才轮到提灯游行。先是党部代表，机关代表，孤儿院音乐队，各民众团体代表，最后才是整千整万的学生。次序是省立×中在先，县立工校，商校次之，我们女中也是县立的，依理可以接上去了，但是率领的马先生们却羞涩涩的，趦趄不前，惹得几个教会中学都不客气地抢上来了，别的私立中学也不甘落后，我们终于成了殿军。幸而其时还有几个妇女协会代表不愿混在别的男人团体当中，诚心诚意来找我们合队。当然，我们就让她们在先，自己跟着。

浩浩荡荡的提灯会就此开始了，先是队伍从公园大门口出来，瞧热闹的人们早已万头攒动。那些游行的人也兴高采烈，有说有笑，有的还互相扯耳朵恶谑。后来还是指导的人看着太不像样了，便道大家不许扰乱秩序，还是跟着音乐队唱几支歌吧，于是先唱党歌，再唱："打倒列强！打倒列强！除军阀！除军阀！国民革命成功，国民革命……"唱着唱着走到园门口了，"轧女学生呀！"一阵乱嘈嘈的声音响了起来，我们有些吓，但也有些感到莫名其妙的得意。然而情形愈来愈不像样了，不三不四的男人横冲直撞穿入队伍来，有的拧胖女学生一把腿，有的咧着嘴巴嘻嘻笑，样子又下流又令人作呕，这么一来可使我们真着急了。

——噢唷，要死……

——我的灯笼烧起来啦！

——马先生！马先生！

——……

马先生急得满头是汗，一面高喊诸位不要慌，朝前走，朝前走！总算前面也得知了，一会儿不知从什么地方找了来十几个警察，朝着流氓们吆喝要打，这才使存心揩油的人不得不适可而止，纷纷退出，又是一阵骚乱，女学生们恐怕警察棍敲过来殃及池鱼，嚷呀嚷的说要当心，声音还带些哭。惹得警察们也捏着喉咙说："您甭怕，我的棍子怎舍得触您，放心得哩！"说得吴先生满脸通红，紧紧扯着马先生的袖子低声说："快逃回学校去，快！"女学生们也没有主张了，只得纷纷脱离队伍，携着轧扁的，烧毁的，甚至只剩一根竹竿儿了的灯笼垂头丧气逃回校去。刘校长是顽固的，然而这个社会却也实在开通不得。

自从我们参加提灯会被搅乱，因而证明刘校长的"先见之明"以后，同学当中也就分成两派：一派是认为刘校长上了年纪的人毕竟有见识，只是心中佩服，嘴里却也不好意思直说出来的；一派是同我差不多的人，自己也并没有什么高深或正确的见解，只是对这件新鲜玩意儿失败，有一种莫名其妙的偏不服气心理。瞧，刘校长的神气是多么的得意洋洋——不，简直有些幸灾乐祸样子。他满脸假正经假慈悲地以家长自居，而把我们当作不懂事的小孩子，一面故做沉痛的说道："我也赞成男女平等，不过……"或者说："我也希望学生爱国，不过……"横不过，竖不过的，我们这批学生子弟，就得像被网的鱼儿般给关在死水池子中了。假如谁敢哼出一声不愿来，就是天生骨头轻，喜欢提着灯笼找野男人去给他们摸呀摸的。

五姑母也常掀起鼻孔对我哼："阿青，你这个人呀，就是聪明不肯正用。譬如刘校长昨天就对我说起……总之，他很替你可惜。从此你得冷静些儿才好！"

发愤用功吧，冷静些儿！然而，天晓得，读些什么好呢？国文教师程先生是个红鼻子酸秀才，又脏，站在讲坛上嘟的擤出一大串鼻涕来，没有手帕儿揩，只把分剩的讲义纸搓成团来拭了，污纸就塞在抽屉里。算学是刘校长兼的，把难题都跳过，说是女子又不会做工程师，要懂得高深的数理干吗，还是天天听他的训话要紧。英文现在也改请一位蒋先生教了，念起来声音像吃糠似的，嘶哑又生硬，听着真吃力，而且据说他又是专研究文法的，一条一条，像法律又像公式，临考时硬记一下，有一次考期偶然变更了，大家透一口气，就把这些条条儿忘记得干干净净。还有一位教党义的赵先生，更是起码角色，因为刘校长说大党员老爷请不起，而且假如无意中开罪了他又吃不消，因此还是马马虎虎的找个候补货来吧，他在讲坛上简直像专供我们开玩笑似的，说到学问连"运河"是连贯南北抑东西的也不晓得，"东方大港"又弄不清楚，因此我们就叫他不必念《建国方略》了，还是说出来让我们笑笑，究竟你先生是不是与孙总理的跟班的儿子点过头，还是给什么省党部委员拎过皮包的呢？他只呆笑笑，老着脸皮，一个钟头一块钱还是拿下去了。不过要是他迟到十分钟，我们就要喊："扣去一角八！扣去一角八！"他也像过意不去，只好苦着脸哀求我们："大家马虎些吧，小考我给你们范围。"不过最后一次他却是醉醺醺的踏了进来，而且听到我们喊"扣去一角八"似乎不屑似的剔起眉毛一笑，他讲他的"东方大港"及"运河"，我们嚷我们的，不久就换人了，后来我被学校斥退后有一次在路角碰到他，他昂然坐在包车上，车轮雪亮的，滚着滚着疾转，前面的铃尽管叮当叮当响，他阔了。

现在我得来说说自己为什么被学校斥退的事吧。民国十八年春天，不知怎的校里竟请来了一位姓徐的先生。这位徐先生年纪才不过二十七八岁，瘦削的脸，皮肤呈淡黄色，鼻上架着白金丝边眼镜。他的说话声音不高，可是举止很安详，使人见了肃然起敬。他教的课程是历史，可是他说古代的事少知道些也罢，只把从前社会的大概情形弄明白了，历代皇帝姓谁名谁休管他娘，妃子的姿色更不必说了，随后便一本正经地教起我们近百年史来。一个个昏庸无识的人物，一桩桩令人发指的事件，一条条丧权辱国的条约，他都解释得明明白白。他说我们的国家应图自强，青年力谋前进，妥协畏缩是不成的。有时候他简直讲得声泪俱下，同学们也摩拳擦掌听，下课钟打过了都不管它，不知在什么时候上课钟又响了，他还在兴奋地讲，我们也在兴奋地听，刘校长却凸着肚子走了进来。

"别管他！"我的眼睛向他一瞥，即刻回射到徐先生脸上去，希望他再讲，多多讲。

"让他去！"别的同学似乎也发觉了，但是一致的要求是希望历史课延长，算学让它去。

然而，"呀"的一声，徐先生也瞧见了，只得草草结束了议论，挟起点名簿就走。接着刘校长笑吟吟地踏上讲坛，照例是训话，教诲学生们该如何安分守己的读书，安分守己的做人，安分守己的吃饭下去，别自找祸殃，否则"过激分子"是不能见容于社会的，过激分子！

我们知道他指的是谁，心里替徐先生不服，偏拿话去同他反对，意见当中还透着不胜敬仰徐先生之意，他的脸色恶狠狠起来了，麻瘢历历可数。但是他还不失为一个有教养的人，不肯透露自己的愤怒，只咬住下唇歪歪嘴，像在假笑，又像在狞笑。"现在，我们讲不等边多角形——"

他匆匆拿起粉笔来向黑板上画了，用力画过去，粉笔啪的一声折成两截，刘校长胸中的气仿佛还未全消似的。以后遇到件不如意的事就起疑心，以为是徐先生在煽动，帮助着学生。

有一次，校中发生了罢饭事情。先是厨子太会揩油，小菜愈来愈劣，愈来愈少。一条龙头烤似的小黄鱼，七个人一桌已经每人夹不着一筷了，而且又臭，鱼肉像粉块似的。菠菜绿豆芽舍不得去根也还罢了，连泥也不忍去，吃得我们满口土气息。有时候我们也想出办法来了，把吃剩的小菜并在一起，另去找只小虫来，自然有苍蝇更好，一面七人齐把筷子敲着碗喊："膳食委员快来看哪！菜中有苍蝇。补一碗，罚一碗。"邻桌的人也加入助威，结果总是厨子忍晦气照补一碗的。后来这办法经采用得次数多了，厨子便不肯认账，说以后在每碗菜将吃未吃之前先得察看明白，有虫照换，吃过一筷便不换了。我们气不服，但经刘校长认为合理，大家便只好在暗中咕噜。不料事不凑巧，有一天大家在一桶粥快吃完时，忽有人在桶底舀起块脏抹布来，浓的焦黄的污汁已经掺透在粥里了，于是大家捏住喉咙试呕，却已呕不出这不卫生的汁液，闹饭堂便开始了。敲碗，拍桌，踢凳子，闹成一片，而厨子方面坚持的理由却是谁教你们不预先察看明白来。我们说谁又知道你会有这么坏心思呢？我们只注意到菜碗里，哪知问题又转到饭桶底了。其时刘校长便想叫厨子另换一桶粥了事，我们大家都不依，定要厨子负责保证我们以后不生胃病，又说烂了胃可不是玩的，不料刘校长陡然想起一件心事——徐先生是患胃溃疡的。

据说徐先生在读大学时代，因为他有一位爱人在中学念书，一切费用都是由他供给的，他自己也是贫寒子弟，没有多余的钱可供两人花，只得奔波兼些小事以求弥补，饮食又不慎，因此渐渐成了胃病。后来且又加了心脏病，他自己觉得前途未必有多大希望了，在大学读了三年不等到毕业便跑出来做事，索性让他的爱人进大学，安心读书。刘校长从前且不管他的病，只对于他未曾毕业一点着实引为遗憾，谁知道因了我们这一次闹饭堂的事，竟发生误会，仿佛连他的胃病都是有挑拨嫌疑，有鼓励罪状的了，又是我的五姑母凑趣，她要显得自己的机灵与挖刻，便冷笑一声对我们说："胃病倒有听说为女人牺牲而起的，未曾听说因吃粥而起的。"于是我们便愤不吃粥，大家跑出饭堂，跑进寝室里装病。不久五姑母又奉命来锁寝室了，我们都站在走廊及天井里，咬牙切齿，有的还捧住肚子哎唷唷喊不得了，看看挨过午刻还没有结局，于是校役老王及吴妈之流便分批被差遣出校门口小糖果店买面包去，到了下午三点半光景，才由刘校长出钱买面给我们吃，并讲好明天罚厨子每桌加一碗肉，但徐先生却因此气得病倒了。

徐先生是孤身住宿在校里的，病倒的时候，自刘校长起没有一个教员去看他，饮食也没人照料。于是我们便商量约聚了十几个同学分批去瞧他，但是五姑母传刘校长的话："女生不得进男教员宿舍。"后来我们聚了钱购鲜花及面包饼干等，叫校役老王送去，这该是没有什么嫌疑的了，谁知刘校长又借故发落老王，从此老王便不肯替我们拿过去了。后来徐先生进了医院，我们先不知道，过了一星期多才探听确实，大家又纷纷请假出去探视，这个原因终于给五姑母发觉了，同刘校长两人愤怒非常，乃关照辅导处平日不得允许学生请假出校。到了某一个星期日，我们索性集合了一百多人齐向那医院跑去。谁知五姑母及其他好几个辅导处先生却早已等候在院门口，说是医生关照过的，徐先生患心脏病很重，需要静养。而刘校长又说这许多女生赶着瞧一个年轻男教员是要给人家传为新闻的，我们都拥进医院门口嚷："我们不怕给人家当作新闻，只要见着徐先生一面。"只见他们切磋了一会儿，结果由五姑母开口告诉我们说：实在为着徐先生的病快好起见，不应该太吵扰他，叫我们各级推出两个代表来再说吧。

我们回到校里，因为是星期日，有许多同学都离开了，召集不成会。到星期一推出代表来时，辅导处坚持不放出校，说要等到下星期日再说。我不幸这次竟被推为代表之一，有时候五姑母碰到我们时，就带着鄙夷的口吻说："人家徐先生是有爱人的，他这次病得厉害，刘校长已拍电报去叫她来了，要你们起劲些什么？"又说："徐先生平日看看闷声不响，其实骗女人本领倒不错，所以有这许多女学生拥护他。"种种不堪的话，说得我们更愤怒起来。

终于在一个雨蒙蒙的早晨，校中布告处贴出一张纸条说是"本校教员徐某某先生，因病逝世，所有初中各级历史课程，即日起改由程某某先生代授"云云，好一个擤鼻涕的老先生，从此讲桌抽屉里更要塞满脏讲义纸了。我们不愿老听"自从盘古开天地，三皇五帝定乾坤"的故事，我们要知道这个世界，这个社会，这个国家，这个时代中人们所应做的事。历史是一面镜子，我们要照出活生生的人，不要专看太古的骷髅。纪念徐先生呀！

然而学校当局不许。治丧是他的爱人的事，校长只不过送一副挽联，他的爱人收到了也没有悬挂，因为她根本无力替他治什么丧，开什么吊，只买口棺木把尸身装进去放在会馆里就算了。却是我们大家提议召开临时学生大会，校长也派人列席了，建议叫我们学生自治会出面也送一副白竹布挽联，句子可请程先生代撰，我便在当时啐了一声：

"呸！别猫哭老鼠了。"学生会主席朝我看一眼。后来又有许多人立起来大骂学校，校长、主席说是暂时散会，改日再议吧，我说："散了拉倒，人已经死了，这种会本来也是不需要开的。"然而又有人站起来做好做歹的，继续讨论下去，最后总算议决两条：一是全体学生在发上缀一朵绒花，二是这学期不再上历史课。然而列席的几位先生说这个学校可不能答应。

那时主席便接着说："既然承几位先生指导说是不可以的，我想不如把第二条议决案打消，第一条戴白花的事，就向校长请愿，求其答应吧。"我说："议决案怎么可以任意打消？戴白花与否乃各人自由，为什么要向校长请愿?"许多人都赞成我的说法，主席便赌气说："那么请苏青君来做主席吧，我能力薄弱，不干了。"说时眼泪都流下来。大家闹哄哄的说就推苏青做主席吧，也有人嗤她说多眼泪的人原不配做主席，但是我当然不肯上去，几个列席的先生也说主席推定了不可更改，结果会便无形的散了。

第二天，我们都不肯上课，继续要开会。刘校长坚持非先上课不可，主席又推病不肯召集，于是学校中便变成无形的罢课。到了晚上刘校长把我们几个当初被推为探望徐先生的病的代表喊去，说是你们先服从校规去上课，其余的人自然也肯跟着上了。我们便说："死不肯上课的并不是我们这几个人，为什么现在要我们先去上课？"刘校长说："不是你们在帮着徐先生鼓动风潮，人家怎么会推你们做代表？"我们便说："第一，徐先生就并未鼓动过什么风潮。第二，我们就被推为探病代表，这次也没有先行上课的义务。"最后刘校长便用威吓口吻对我们说话，我们也不甘退让，结果不欢而散。走出校长室的时候我们碰到那位学生自治会主席，我说："此刻你的病好了吗？"她走上前来假装诚恳地拉着我的手道："我看大家还是暂时先上课再说吧，否则恐怕要牺牲；刘校长问我要名单，说是谁在鼓动风潮哩！"

到了星期日早晨，那天本来是议定由我们各级代表去探望徐先生病的，现在徐先生已经死了，只剩下布告板上的一张布告在晃动着。使人奇怪的是这张布告旁边另有一张字体较密的布告贴出来了，那就是开除我们这些代表的，开除的罪名是鼓动罢课，又说是受人煽惑！这个煽惑的人大概是指徐先生吧，可惜他已经不存在于这嫌疑的世间了。

以后风潮还是继续下去，而且更扩大，然而解决的办法只不过是将区区布告收回，历史改由另一位姓文的教，我们则由开除而算是自动退学罢了。其实这事情在我们还是一样的牺牲，一张初中文凭快到手了的，白白又因此失去。

那位做主席的女生不久就拜了刘校长做她的干爸爸，第二年毕业时又考了第一名。

我想：波涛汹涌起来了，人是没法使它平静下来的；水像死样不动的时候，人要掀起浪来也难。且让一切都听诸自然吧，暴风雨快来了，我兴奋着；它过去了，我仍旧茫然剩留在寂寞大地上。

自己的
房间

善良与爱。

我真正的灵魂将永远依傍着

自己的房间

现在，我希望有一个自己的房间。

走进自己的房间里，关上房门，我就把旗袍脱去，换上套睡衣睡裤。睡衣裤是条子绒做的，宽大，温暖，柔软，兼而有之。于是我再甩掉高跟鞋，剥下丝袜，让赤脚曳着双红纹皮拖鞋，平平滑滑，怪舒服的。

身体方面舒服之后，心里也就舒服起来了。索性舒服个痛快吧，于是我把窗子也关好，放下窗帘，静悄悄地。房间里光线显得暗了些，但是我的心底却光明，自由自在，无拘无束。

我的房间，也许是狭小得很：一床，一桌，一椅之外，便再也放不下什么了。但是那也没有什么，我可以坐在椅上看书，伏在桌上写文章，和躺在床上胡思乱想。

我的房间，也许是龌龊得很，墙上点点斑斑，黑迹，臭虫血迹，以及墙角漏洞流下来的水迹等等，触目皆是。然而那也没有什么，我的眼睛多的正好是幻觉能力，我可以把这堆斑点看做古希腊美术，同时又把另一堆斑点算是夏夜里，满天的繁星。

我的房间的周围，也许并不十分清静：楼上开着无线电，唱京戏，有人跟着哼；楼下孩子哭声，妇人责骂声；而外面弄堂里，喊卖声，呼唤声，争吵声，皮鞋足声，铁轮车推过的声音，各式各样，玻璃隔不住，窗帘遮不住的嘈杂声音，不断传进我的耳膜里来。但是那也没有什么，我只把它们当作田里的群蛙阁阁，帐外的蚊子嗡嗡，事不干己，决不烦躁。有时候高兴起来，还带着几分好奇心侧耳静听，听他们所哼的腔调如何，所骂的语句怎样，喊卖什么，呼唤哪个，争吵何事，皮鞋足声是否太重，铁轮车推过时有否碾伤地上的水门汀等等，一切都可以供给我幻想的资料。

让我独个子关在自己的房里听着，看着，幻想着吧！全世界的人都不注意我的存在，我便可以自由工作，娱乐，与休息了。

然而，这样下去，我难道不会感到寂寞吗？

当然——

在寂寞的时候，我希望有只小猫伴着我。它是懒惰而贪睡的，不捉鼠，不抓破我的旧书，整天到晚，只是蜷伏在我的脚旁，咕噜咕噜发着鼾声。

于是我赤着的脚从红纹皮拖鞋里滑出来，放在它的背上，暖烘烘地。书看得疲倦了，便把它提起来，放在自己的膝上。它的眼皮略睁一下，眼珠是绿的，瞳孔像条线，慢慢的，它又阖上眼皮咕噜咕噜的睡熟了。

我对它喃喃诉说自己的悲愤；

它的回答是：咕噜咕噜。

我对它喃喃诉说自己的孤寂；

它的回答是：咕噜咕噜。

我对它轻轻叹息着；

咕噜咕噜。

我对它流下泪来。

眼泪落在它的眼皮上，它倏地睁开眼来，眼珠是绿的，瞳孔像条线，慢慢的，它又阖上眼皮咕噜咕噜的睡熟了。

我的心中茫茫然，一些感觉也没有。

咕噜咕噜……

咕噜咕噜……

我手抚着它的脸孔睡熟了。

于是我做着梦，梦见自己像飞鸟般，翱翔着，在真的善的美的世界。

自己的房间呀！

但是我没有自己的房间。我是寄住在亲戚家里，同亲戚的女儿白天在一起坐，晚上在一起睡。

她是个好絮话的姑娘，整天到晚同我谈电影明星。

"×××很健美吧?"

"唔。"我的心中想着自己的悲愤。

"△△△的歌喉可不错哪！"

"唔。"我的心中想着自己的孤寂。

"你说呀，你到底是欢喜×××呢，还是△△△呢?"

"……"我说不出来，想叹息，又不敢叹息，只得阖上眼皮装睡。

"唉，你睡熟了！"她这才无可奈何地关熄灯，呼呼睡去。

我独自望着一片黑暗，眼泪流了下来。

这时候，我再也不想装睡，只想坐在椅上看书，伏在桌上写文章。

然而，这不是自己的房间呀！拘束，不自由。

长夜漫漫，我直挺挺的躺在床上不敢动弹，头很重，颊上发烧，心里怪烦躁。

莫不是病了吗？病在亲戚家里，可怎么办呢？睡吧！睡吧！睡吧！我只想做片刻自由好梦，然而我所梦见的是，自己仿佛像伤翅的鸟，给关在笼里，痛苦地呻吟着，呻吟着。

我的手

晚饭后，我拿出一只干净玻璃杯，浓浓的泡上一杯绿茶。我一面啜着茶，一面苦苦思索要做的文章。忽然，我瞥见自己端着茶杯的手，纤白的指头，与绿的茶汁璘然相映，看上去像五枚细长的象牙。

——这是我的手吗？

——我的手。

于是我慢慢放下茶杯，把手按在膝上，自己端详着：长长的指头，薄薄的掌心，一些血色都没有，看上去实在有些怕人。

我想，这是左手，右手也许好一些吧。于是把右手也放在膝上，这么一比，那么一比，看看差不多，实在说不出什么不同来。就只是右手的食指尖端多蓝墨水迹一瓣，那可是写稿时偶然不当心把它沾污的，只要用肥皂一擦，就可以洗得干干净净的了。

真是一双苍白瘦削的手呵！我不愿再看它们，只默然捧起茶杯，轻轻呷着茶。心里想，她们是应该休息休息了，再不然，凭这种没血色的手，怎能写得出有血有肉的文章？

据说有许多西洋大文豪，他们在写作的时候，是用不着自己动手的。他们只要闲适地靠坐在沙发上，口衔雪茄，一面喷烟一面念，旁边自有人替他打字或速记下来。这样做文章舒服是舒服的，但是我的地位同他们比较起来相去不知几千万里，只好当作神话想想，想过之后还得辛苦自己的手，为了生活，不得不放下茶杯拿过稿纸来写。

写呀，写呀，我的手写得麻木了，指头僵硬了。见了它们，我就把脑中准备好的快乐语句一齐忘掉，剩下来只有无限辛酸，不能用字表达出来，不能用句表达出来，对着空白的稿纸，我只是呆呆出神。

半晌，我忽然得了个主意：把左手放在稿纸上，右手拿铅笔依着它画去，不多时，一只瘦削的手的轮廓，就清楚地留在纸上了。

——这是我的手吗？

——我的手。

我的手以前可决不是这样：十根粗粗的指头，指甲修得很短；手掌又肥又厚，颜色是红润的。

在幼小的时候，它们整天搓泥丸，捉蚱蜢，给妈妈拔小鸡草……

在学校里，它们忙着抄笔记，打网球，还能够把钢琴弹得叮当作响……

后来，他来了，把钻戒套在我的无名指上，吻着它，说道："多能干呀，你的手!"

我用我的手替他做了许多事情……

我用我的手替孩子们做了许多事情……

油垢，灰尘，一齐嵌进了我的手纹里，刷不尽，洗不掉，我的手终于变得龌龊而且粗糙了。

但是，我并不恶惭我自己的手，因为它工作着，能够使别人快乐与幸福。

在冬天，我的手背上都龟裂了。但是我仍旧忍住痛，在灯下替孩子们缝花缎的棉袍。

粗糙的手触着花缎，窸窣有声。

孩子们都奇怪起来，问我道："妈妈，你的手怎么会有声响?"

我笑了：瞧瞧他的脸，但是他不笑。半晌，他皱着眉头，用憎厌的口吻对我说道："瞧你这只手，可不是糟蹋了

094

我的宝贵的钻戒?"

我悄然无语，第二天，便把宝贵的钻戒还了他。

但是法律，经济，都不容许我携带孩子：我是什么也没有，只凭着龟裂了的手，孤零零地自谋生活。

——这是我的手吗？

——我的手。

我的手再不能替孩子们把尿换屎，擤鼻涕了，只整天到晚左手端着茶杯，右手写，写，写……

浓的茶，滋味是苦的。我一面啜着，一面暗暗思索文章。但是什么字，什么句，才能表达我的意思呢？而且，即使表达出来，又将希望哪个知道？

半晌，我忽然得了个主意：把那张画着手的稿纸寄给我的孩子们去吧，让他们知道：我的手——瘦了。

海上的月亮

茫无边际的黑海，轻漾着一轮大月亮。我的哥哥站在海面上，背着双手，态度温文而潇洒。周围静悄悄地，一些声音也没有；溶溶的月色弥漫着整个的人心，整个的世界。

忽然，他笑了，笑着向我招手。天空中起了阵微风，冷冷地，飘飘然，我飞到了他的身旁。于是整个的宇宙变动起来：下面是波涛汹涌，一条浪飞上来，一条浪滚下去，有规律地，飞滚着无数条的浪；上面的天空似乎也凑热闹，东面一个月亮，西面一个月亮，三五个月亮争着在云堆中露出脸来了。

"我要那个大月亮，哥哥！"我心中忽然起了追求光明的念头，热情地喊。一面拉起哥哥的手，想同他一齐飞上天去捉，但发觉哥哥的手指是阴凉的。"怎么啦，哥哥？"我诧异地问。回过头去，则见他的脸色也阴沉沉地。

"没有什么，"他幽幽回答，眼睛望着云天远处另一钩淡黄月，说道，"那个有意思，钩也似的淡黄月。"

于是我茫然了，一钩淡黄月，故乡屋顶上常见的淡黄月哪！我的母亲常对它垂泪，年青美丽的弃妇，夜夜哭泣，终于变成疯婆子了。我的心只会往下沉，往下沉，身子也不由得沉下去了，摔开哥哥的阴凉的手，只觉得整个宇宙在晃动，天空月光凌乱，海面波涛翻滚。

"哎唷！"我恐怖地喊了一声，惊醒过来，海上的月亮消失了，剩下来的只有一身冷汗，还有痛，痛在右腹角上，自己正患着盲肠炎，天哪！

生病不是好事，病中做噩梦，尤其有些那个。因此平日虽不讲究迷信，今夜也不免要来详梦一番了。心想，哥哥死去已多年，梦中与我携手同飞，难道我也要逝亡了吗？至于捉月亮……

月亮似乎是代表光明的，见了大光明东西便想去捉住，这是人类一般的梦想。但是梦想总归梦想而已，世上究竟有没有所谓真的光明，尚在不可知之间，因此当你存心要去捉，或是开始去捉时，心里已自怀疑起来，终于茫然无所适从，身心往下沉，往下沉，堕入茫茫大海而后已。即使真有勇往直前的人飞上去把月亮真个捉住了，那又有什么好处？人还是要老，要病，要痛苦烦恼，要做噜哩噜苏事情的，以至于死，那劳什子月亮于他究竟有什么用处呢？

说得具体一些，就说我自己了吧。在幼小的时候，牺牲许多游戏的光阴，拼命读书，写字，操体操，据说是为了将来的幸福，那是一种光明的理想。后来长大了，嫁了人，养了孩子，规规矩矩的做妻子，做母亲，天天压抑着罗曼谛克的幻想，把青春消逝在无聊岁月中，据说那是为了道德，为了名誉，也是一种光明的理想。后来看看光是靠道德与名誉没有用了，人家不爱你，虐待你，遗弃你，吃饭成了问题，于是想到了独立奋斗。但是要独立先要有自由，要有自由先要摆脱婚姻的束缚，要摆脱婚姻的束缚先要舍弃亲生的子女——亲生的子女呀！那时所谓光明的理想，已经像一钩淡黄月了，淡黄月就淡黄月吧，终于我的事业开始了：写文章，编杂志，天天奔波，写信，到处向人拉稿，向人献殷勤。人家到了吃晚饭时光了，我空着肚子跑排字房；及至拿了校样稿赶回家中，饭已冰冷，菜也差不多给用人吃光了，但是饥不择食，一面狼吞虎咽，一面校清样，在廿五烛光的电灯下，我一直校到午夜。户口米内掺杂着大量的砂粒、尘垢，我终于囫囵吞了下去，终于入了盲肠，盲肠溃烂了。

我清楚地记着发病的一天，是中午，在一处宴会席上，主人殷勤地劝着酒，我喝了，先是一口一口，继而一杯一杯的吞下。我只觉得腹部绞痛，但是说出来似乎不礼貌，也有些欠雅，只得死屏着一声不响。主人举杯了，我也举杯，先是人家央我多喝些，我推却，后来连推却的力气也没有了，腹中痛得紧，心想还是喝些酒下去透透热吧。于是酒一杯杯吞下去，汗却一阵阵渗出来了，主人又是怪体贴的，吩咐开电扇。一个发寒热，患着剧烈腹痛的人在电扇高速度的旋转下坐着吃，喝，谈笑应酬，究竟是怎样味儿我实在形容不出来，我只记得自己坐不到三五分钟就继续不下去，跑到窗口瞧大出丧了。但是大出丧的灵柩还没抬过，我已经痛倒在沙发上。

"她醉了！"我似乎听见有人在说。接着我又听见主人替我雇了车，在途中，我清醒过来，便叫车夫向××医院开去。

医生说是吃坏了东西，得服泻剂。

服了泻药，我躺在床上，到了夜里，便痛得满床乱滚起来。于是我哭着喊，喊了又哭。我喊妈妈，在健康的时候，我忘记了她，到了苦难中想起来就只有她了。但是妈妈没有回答，她是在故乡家中，瞧着一钩淡黄月流泪哪！

我感到伤心与恐怖，喃喃对天起誓，以后再不遗忘她，再不没良心遗忘她了。

腹痛是一阵阵的，痛得紧的时候，肚子像要破裂了，我只拼命抓自己的发。但在松下来痛苦减轻的时候，却又觉得伤心，自己是孤零零的，叫天不应，喊地无灵，这间屋子里再也找不出一个亲人。我为什么离开了我的母亲？她是这样老迈了，神经衰弱，行动不便，在一个愚蠢无知的仆妇照料下生活着。我又为什么离开我的孩子？他们都是弱小可怜，孤苦无告地给他们的继母欺凌着，虐待着。

想到这里，我似乎瞧见几张愁苦的小脸，在海的尽头晃动着齐喊："妈妈！"他们的声音是微弱的，给海风吹散的，我听不清楚。我也瞧见在朦胧的月光下，一个白发伛偻的老妇在举目四瞩的找我，但是找不到。

"妈妈！"我高声哭喊了起来，痛在我的腹中，更痛的在我心上，"妈妈呀！"

一个年青的姑娘站在床前了，是妹妹，一张慌张的脸。"肚子痛呀，妈妈！"我更加大哭起来，撒娇似的。

她也抽抽噎噎的哭了，口中连声喊"哎哟！"，显得是没有主意。我想：这可糟了，一个刚到上海来的女孩子，半夜里是叫不来车子，送不来病人上医院的，急坏了她，还是治不了我的腹痛哪！于是自己拭了泪，反而连连安慰她道："别哭哪，我不痛，此刻不痛了。"

"你骗我，"她抽噎得肩膀上下耸，"怎么办呢？妈妈呀。"

"快别哭，我真的不痛。"

"你骗我。"

"真的一些也不痛。"

"怎么办呢?"她更加抽噎不停，我恼了，说：

"你再哭，我就要痛。——快出去!"

她出去了，站在房门口。我只捧住肚子，把身体缩做一团，牙齿紧咬。

我觉得一个作家，一个勇敢的女性，一个未来的最伟大的人物，现在快要完了。痛苦地，孤独地，躺在床上，做那个海上的月亮的梦。海上的月亮是捉不到的，即使捉到了也没有用，结果还是一场失望。我知道一切光明的理想都是骗子，它骗去了我的青春，骗去了我的生命，如今我就是后悔也嫌迟了。

在海的尽头，在一钩淡黄月下的母亲与我的孩子们呀，只要我能够再活着见你们一面，便永沉海底也愿意，便粉身碎骨也愿意的呀!

盲肠炎，可怕的盲肠炎，我痛得又晕了过去。

过 年

　　过年了，王妈特别起劲。她的手背又红又肿，有些地方冻疮已溃烂了，热血淋漓，可是她还咬紧牙齿洗被单哩，揩窗子哩，忙得不亦乐乎。我说："大冷天气，忙碌作啥？"她笑笑回答："过年啦，总得收拾收拾。"

　　我的心头像给她戳了一针般，刺痛得难受。过年，我也晓得要过年啦，然而，今年的过年于我有什么意思？孤零零一个人住在这冷冷清清的房间里，没有母亲，没有孩子，没有丈夫。

　　我说："王妈，我今年不过年了，你自己回去几天，同家人们团聚团聚吧！"

　　她的眼睛中霎时射出快乐的光辉来，但依旧装出关切的样子问："那么你的饭呢？"

"上馆子吃去。"我爽快地回答。

"真的，一年到头，你也没有什么好东西吃；过年了，索性到馆子里去吃几顿，倒也……"说着，她的眼珠转动着快要笑出来了。虽然脸孔还装得一本正经，像在替我打算。我望着她笑笑，她也笑笑。骤然间，她的心事上来了，眼睛中快乐的光辉全失，忧悒地凝望着我，半晌，才用坚决的声调低低说道："我当然在这里过年啰，哪里可以回家去呢？"

我知道她的意思，她不肯放弃年节的节赏。

于是我告诉她愿意留在这里也好，只是从此不许再提起"过年"两字。

她莫名其妙的应声"哦"。

第二天，我刚在吃早点的时候，她踉跄地进来了，劈头便向我说："过年了，邮差……"

我勃然大怒道："邮差干我屁事？我不许你说过年过年。"

但是她不慌不忙，理直气壮的回答："过年过年不是我要说的呀，那是邮差叫我说的，他说过年了，要酒钱。"我掷了两块钱给她，赶紧掩住自己的耳朵。

下午，我从外面回来，她替我倒了茶，嗫嚅地说道：

"扫弄堂的——刚才——刚才也来过了，他说——他说——过——过——"我连忙摇手止住她说话，一面从皮夹里取出了五元钱来，一面端起茶杯。

她望着钞票却不伸手来接，只结结巴巴地说下去："这次过年别人家都给十……十元呢……"

啪的一声，我把茶杯摔在地上。

茶汁溅在她的鞋上，袜上，裤脚上。她哭丧着脸说道："我又说顺了嘴呀，记性真不好。"

从此她便再不说过年了，只是我的酒钱还得付。每次她哭丧着脸站在我面前，我就掏出两块钱来；她望着钞票不伸手来接，我就换了张五元的；她的脸色更难看了，我拿起十元钞票向桌上一摔，掉转身子再不去理她。

我的亲戚，朋友，都来邀我吃年夜饭，我统统答应了。到了除夕那天，我吃完午饭就睡起来，假装生病，不论电催，差人催，亲自来催，一一都加以谢绝。王妈蹑手蹑脚的收拾这样，收拾那样，我赌气闭了眼睛不去看她。过了一会儿，我真的呼呼睡熟了，直睡到黄昏时候方才苏醒。睁眼一看，天哪，王妈把我的房间已经收拾得多整齐，多漂亮，一派新年气象。

我想，这时该没有人来打搅了，披衣预备下床。忽然听得楼梯头有谈话声，接着有人轻步上来，屏住气息在房门外听，我知道这是王妈。于是我在里面也屏住了气息。不去理她。王妈听了许久，见我没有动静，又自轻步下楼去了，我索性脱掉衣服重新钻进被里。只听得砰的一声，是后门关上的声音，我知道来人已去，不禁长长舒了一口气。

于是，万籁俱寂。

我的心里很平静，平静得像无风时的湖水般，一片茫茫。

一片茫茫，我开始感到寂寞了。

寂寞了好久，我才开始希望有人来，来邀我吃年夜饭，甚至来讨酒钱也好。

但是，这时候，讨酒钱的人似乎也在吃年夜饭了。看，外面已是万家灯火，在这点点灯光之下，他们都是父子夫妻团聚着，团聚着。

我的房间黑黝黝的，只有几缕从外面射进来的淡黄色的灯光，照着窗前一带陈设，床以后便模糊得再也看不见什么了。房间收拾得太整齐，瞧起来便显得空虚而且冷静。但是更空虚更冷静的却还是我的寂寞的心，它冻结着，几乎快要到发抖地步。我想，这时候我可是需要有人来同我谈谈了，谈谈家常——我平日认为顶无聊的家常呀！

于是，我想到了王妈。我想王妈这时候也许正在房门口悄悄地听着吧，听见我醒了，她便会跟跄地进来的。

我捻着电灯开关，室中骤然明亮了，可是王妈并没有进来。我有些失望，只得披衣坐起，故意咳嗽几声，王妈仍旧没有进来。那时我的心里忽然恐慌起来！万一连王妈也偷偷回去同家人团聚了，我可怎么办呢？

于是我直跳下床来，也来不及穿袜子，趿着拖鞋就往外跑，跑出房门，在楼梯头拼命喊："王妈！王妈！"

王妈果然没有答应。

我心里一酸，腿便软软的，险些儿跌下楼梯。喉咙也有些作怪，像给什么东西塞住了似的，再也喊不出来。真的，这个房间里就只有我一个人，这幢房子里就只有我一个人，这个世界上就只有我一个人了吗？这般孤零零地又叫我怎过下去呢？

我想哭。我趿着拖鞋跑回房里，坐在床沿上，预备哭个痛快。但是，哭呀哭的，眼泪却不肯下来，这可把我真弄得没有办法了。

幸而，房门开处，有人托着盘子进来了。进来的人是王妈。我高兴得直跳起来。那时眼泪也凑趣，淌了下来，像断串的珠子。我来不及把它拭去，一跳便跳到王妈背后，扳住她的肩膀连连喊："王妈！王妈！"

王妈慌忙放下盘子，战战兢兢地回答："我……我刚才打个瞌睡，来得迟……迟了。"

"不，不，"我拍着她的肩膀解释，"你来得正好，来得正好。"

她似乎大出意外，呆呆望着我的脸。我忽然记起自己的眼泪尚未拭干，搭讪着伸手向盘中抓起块鸡肉，直向嘴边送，一面咀嚼，一面去拿毛巾揩嘴，顺便拭掉眼泪。

王妈告诉我说道鸡肉是姑母差人送来的，送来的时候我正睡着，差人便自悄悄地回去了。我点点头。

王妈说顺了嘴，便道："还有汤团呢，过年了……"说到这里，她马上记起我的命令，赶紧缩住了，哭丧着脸。

我拍拍她的肩膀，没发怒，她便大起胆子问我可要把汤团烧熟来吃。我想了想说：好的，并叮嘱她再带一副筷子上来。

不多时，她就捧着一大碗热气腾腾的汤团来了，放在我面前。但那副带来的筷子却仍旧握在她的一只手里，正没放处，我便对她说道："王妈，那副筷子放在下首吧，你来陪我吃着。还有，"我拿出张百元的钞票来塞在她的另一只手里，说道，"这是我给你的过年赏钱。"

她张大了嘴半晌说不出话来，一手握着筷子，一手握着钞票，微微有些发抖。

我说："王妈，吃汤团呀，我们大家谈谈过年。"

她的眼睛中霎时射出快乐的光辉来，但仍旧赵趄着不敢坐下。骤然间，她瞥见我赤脚趿着拖鞋，便踉跄过去把袜子找来递给我道："你得先穿上袜子呀，当心受凉，过……年。"

　　她拖长声调说出这"过年"二字，脸上再没有哭丧颜色了，我也觉得房间里不再显得空虚而冷静，于是我们谈谈笑笑的过了年。

王妈走了以后

　　王妈走后不到一年，我们的小家庭里便改变得不成样子了。她是去年九月初三动身回故乡去的，那天刚巧是礼拜日，我的丈夫——建——也在家。此外还有个三岁的女儿菱菱，她是跟着王妈睡的。我们平日并不很欢喜王妈，因为她作事任性，毫不把我们放在眼里。但是有她在一起时我们便觉得快乐，两口子东奔西跑用不着记挂家里。现在，嗳，可是糟了，我已有七八个月头不曾到过电影院哩！

　　她动身的时候正在下午，我记得很清楚，等她出门后我们便把家里的什物检点一下。那并不是我们怕她会带了什么东西去，其实是我们平日把什么东西都交给她，自己反不晓得哪一件东西究竟放在哪里。我们一面整东西，一

109

面谈论王妈的好处，把她过去任性的脾气都忘记了，大家愈说愈觉得难过，忍不住四只眼睛泪汪汪起来。菱菱不懂得我们的意思，夹在中间还一味吵闹，后来我们自己也弄得精疲力尽了，建提议不如且先出去菜馆里吃餐夜饭吧，晚上回来再整理不迟。于是大家换衣服，洗脸。忙了一阵，让什物乱七八糟堆满在前后房间，把房门砰的关上便自出去。一路上菱菱吵着要我抱，建说电车里面挤得很，菱菱还是让爸爸抱吧。菱菱不肯，我恼了，建把她硬抱过去，哭声恨声不绝于耳，建的眉头也皱紧了。这是他结婚以来第一次向我皱眉，我口虽不说，心里很生气。

进了菜馆，建就说要喝几斤老酒解闷，我不作声。他问我吃些什么，我叫他随便点几样吧，他点的都是下酒用菜，我不喝酒，也不爱吃那类东西。菱菱嚷着要这样要那样的，我们连哄带吓没有用，只好每样都给她尝一些。建是一杯在手，什么都不管的了，我却匆匆用好了饭抱着菱菱等他，愈等愈觉得不耐烦起来。

好容易等他喝完了酒一齐出来，路上想起菱菱没吃过粥，便在冠生园里买了只面包给她。上电车后，建又说自己多喝了酒没吃饱饭，悔不该不在冠生园里多买几只面包。我也觉得肚子里空空如也，外面吃饭究竟不如家里着味，大家还是回家以后再喊两客虾仁面吧。

但是一进门，瞧着到处什物凌乱的景况，心里便觉得烦恼起来了。菱菱不待我们卸装完毕，便赶紧吵着要睡，于是建就把床上的什物胡乱移到桌上，叫我偎着菱菱先睡，他自己开门出去喊虾仁面。菱菱起初不要我偎，她尽哭着叫喊王妈。后来好容易眼睛蒙眬像要睡了，建却领着送面的伙计大呼小喊奔上楼来。菱菱给他们闹醒又要吃面，于是再替她穿衣服，打发送面的伙计回去，把桌上的什物重新移开。这样再乱上大半个钟头，菱菱总算倦极先睡了，我说我们且慢洗脸，索性把什物整好了再说吧。建也不答白，只拿起香烟横躺在沙发上，半晌，才伸个懒腰说不用心急，东西且待明天慢慢的再整吧。我说他这是贪懒，明天你上写字间去了，这些东西不都要我一人来收拾吗？他说那么就是这样吧，我们此刻且先把东西统统堆到后间去，明天一早你赶紧到荐头店里喊个娘姨来，叫她下半天闲下来慢慢的整理。

一宿无话，臂酸腿痛。

次日我喊醒建，叫他在家管着菱菱，我就出外找荐头店去了。小菜场附近的荐头店多得很，我拣了一家店面最大的走了进去。

"倷阿是喊娘姨格？"一个瘦长脸的伙计迎上来问。

我点点头。

"饭阿要烧？"

"当然啰！"我说。

"阿要洗衣裳？"

我再点头。

"揩地板，收拾房间呢？"

我告诉他我们只用一个娘姨，烧饭，洗衣，揩地板，收拾房间，统统都要做的。

"哦，格个是要一把做。"瘦长脸的明白过来了，接着回头问一个中年女佣："倷阿要去试试？"

那女佣摇头，她要专做房里。伙计接着又问好几个人，老的少的都问过，她们大都不大愿意。我心里感到无限屈辱而且愤怒。于是再也管不得腿酸足软，只气冲冲的掉转身子想到别处拣去。一个老板模样的汉子出来阻止我了，他说："别性急，娘姨多得很。"一面翘首向屋角喊："倷跑出来！跟迭个少奶奶回去试试。"一个乡下大姐样的女人从角落里趒趄着出来了，眼光迟钝，脑后拖着条大发辫。老板指着她向我介绍："迭个大姐人蛮好，乡下刚出来，老实人朊不花头。"

于是我把她带回家里试用起来，试过一天便明白，原来那大姐人倒确实是蛮好，花头也没有，就是一件事她做不来。煤球炉子生不着火，洋铁锅子烧不来饭，她们乡下

112

人原是用惯大灶大镬的呀！我得替她什么都做，甚至连她大小便上厕所时，也须我跟了去给她拉抽水马桶。这一天累得我精疲力尽，一面替她做，一面教给她听，任你说得唇干舌焦，而她还是"圣质如初"，什么都学不会。晚上建回来后提议依旧上馆子去吧，这回吃的是西菜，这样菱菱可以不必另外买面包。至于那个喊来的大姐呢，早已在动身前由我负责送回荐头店去了，因为她不认识路径。

建说："荐头店里最势利，见你少奶奶亲自上门去拣，便知这公馆并不阔绰，所以好的便不肯来了，明天还是叫公司里茶房给你去喊一个来吧。"我想这句话该也有道理，明天十一点钟光景，茶房果然替我陪了个三十来岁怪伶俐的女佣来。那女佣一进门便宛如曾在我家住过十年一般，什么东西都找得着，端出饭菜来碗碗像样。建是在外用午膳的，我为讨好新女佣起见，把本想剩给他晚上吃的红烧牛肉，青鱼甩水等统统给她拿下去吃了，这在我良心上虽也觉得对不住丈夫，但是好的女佣不可多得，我总不能让人家第一天就觉得灰心跑掉了哪！我得用美食来买她欢心，并一味和颜悦色的笼络住她。

她吃过了饭，便进来冲开水，绞手巾的十分殷勤。我觉得牛肉青鱼不枉费了，两天来的疲惫极需休憩一下，我脱去衣服预备午睡。

忽然那娘姨又推门进来喊声"少奶"，我赶紧振作精神，装个笑容，一面静静听她说下去，她说："我要去了，对不起。"

　　"要去了?! 你到哪里去?"我宛如晴天遇到霹雳。

　　"荐头店里。"她淡然一笑，并不把我的窘态放在心上。

　　完了！什么都完了！原来牛肉青鱼始终买不到她的欢心，和颜悦色也没法留住她的身子，我感到屈辱也不胜失望。我的嘴唇颤动着，心想问她"为什么不愿做"，但自尊心使我闭住了口，我只得装出满不在乎的样子任她滚蛋。

　　此后我又到荐头店里去过几趟，茶房也替我们代几次劳，老的，少的，伶俐的，笨的，漂亮的，丑的，干净的，脏的，老实的，凶的……各色各样的女佣我都见到过了，也算增广见闻不少。到头来我们自己已整好了堆在后间的杂物，生火煮饭等生活也勉强做得来了，心想还是索性不要用娘姨吧！

　　不用娘姨可更加不方便：第一，我得清早起来买小菜，建得耽误办公时间给我看管菱菱。第二，客人来了，自己不能分身出去买香烟，弄点心，电话叫货又不能按时送到。第三，换下衣服送到洗衣店里，既多费钱，又太不方便。第四，出门要担忧炉子熄掉，玩不尽兴匆匆便返。第五，菱菱真是吃足苦头，她本是小家庭里的中心人物，现在却成了出气对象。第六，夫妻不时吵嘴，也不时上馆子吃饭吃点心……因此不到半月我们便改变初衷，还是依旧找女佣吧！

建说："重赏之下，必有勇夫。我们预备工资出得大，定要找个上好的娘姨来。"

于是我们找到了周妈。论周妈的做手倒确实不错，但这不知怎的，我们总觉得不能把什么事情都托付给她。我们不放心双双出外而留她看家，更不放心让她独个子看管菱菱。但我们虽不放心她，却不能露出丝毫不放心的样子来，因为我们总不能让她一气便跑了呀！我们对她颇为小心。为了她，我们不敢过早起身，不敢过迟吃饭，不敢少买几样小菜，不敢不忍住头痛拉亲友们多来我们家玩牌，不敢说出她端来的牛肉番茄汤内有些蟑螂屎气息，……我们的忍耐工夫可真是惊人。若是子能如此忍其父，便是孝子；妇能如此忍其夫，便是贤妇。建和我平素虽不是孝子贤妇，在今日却是周妈的恭顺的主人主妇。我们自得周妈以来，虽万事先意承志，拍马屁唯恐不及，但三月以后，她还是不能不离开我们走了。

因为有一天建偶然算账，发觉支出数额竟超过从前三倍以上。"那是百物都囤涨了之故"，他合拢账簿向我解释。我仔细想想，觉得米价从七八十元涨到百二三十元，煤球自六七元一担涨到十五六元一担，那当然要归罪到囤积者身上，但我们三月来从月食米六斗增至九斗，月燃煤球二担增至三担半，那又该叫哪一个负责呢？而且别的什物经检点结果，有许多已是不翼而飞，手帕，袜子，钢笔，手表，连纺绸衬衫裤都只剩得一套半了，我们偶然说起一句，周妈便自赌神罚咒的叫起屈来，接着又嚎啕大哭，哭骂冤枉人的不得好死，骂了一场，便绷起面孔走了。

我们喘息方定，至此乃又忙乱起来。建有时同人家谈起，常叹口气说："娶妻总要会治家才好！"我听了虽也惭愧，但毕竟还是生气的成分居多。

我常常怨恨，恨这社会进步得太慢，公共食堂托儿所等至今还不能多多设立，害得我们不善治家的真正吃足苦头，精神浪费得多不值得。但有时确也着实后悔，悔不当初少读几本莎翁戏剧，洗衣烧饭等常识才较汉姆德王子来得重要呢！

我敢说，我们自从王妈走后，就没有一天能够安心工作，安心读书，生活的不安定原也不仅是飞机大炮所造成的呢。

母亲的希望

昨天我抱了菱菱到母亲处去，那孩子一会儿撒尿，一会儿要糖吃的怪会缠人，母亲看着我可怜，替我委屈起来，不胜感慨地叹口气道："做女人总是苦恼的吧？我千辛万苦的给你读到十多年书，这样希望，那样希望，到头来还是坐在家里养孩子！"

我正被孩子缠得火冒，听见母亲还来噜苏着瞧不起人，忍不住顶起嘴来："那么，你呢？还不是外婆给你读到十来年书，结果照样坐在家里养养我们罢了，什么希望不希望的。"

"你倒好，"母亲气得嘴唇发抖，"索性顶撞起我了。——告诉你吧：我为什么仍旧坐在家里养你们？那都是上了你死鬼爸爸的当！那时他刚从美国回来，哄着我说外国夫妇都是绝对平等，互相合作的，两个人合着做起来不是比一个人做着来得容易吗？于是我们便结婚了，行的是文明婚礼。他在银行里做事，我根本不懂得商业，当然没法相帮。我读的是师范科，他又嫌小学教员太没出息，不但不肯丢了银行里的位置来跟我合作，便是我想独个子去干，他也不肯放我出去。他骗我说且待留心到别的好位置时再讲。可是不久第一个孩子便出世了。我自己喂奶，一天到晚够人忙的，从此只得把找事的心暂且搁起，决定且待这个孩子大了些时再说。哪知第二个，第三个接踵而来，我也很快的上了三四十岁。那时就有机会，我也自惭经验毫无，不敢再作尝试的企图了。可是我心中却有一个希望，便是希望你们能趁早觉悟，莫再拿嫁人养孩子当作终身职业便好。无论做啥事体总比这个好受一些，我已恨透油盐柴米的家庭什务了。"

"那也许是你没有做过别事之故吧？"我偏要和她反对："做裁缝的顶恨做裁缝，当厨子的恨透当厨子，划船的恨划船，挑粪的恨挑粪，他们都希望自己的儿子不要再拿裁尺，菜刀，木桨，粪桶，当作终身职业了，谁又相信管这些会比管家务与孩子更好受一些呢？"

"但像你这样一个大学生出去做事，总不至于当个裁缝或粪夫吧。"

"是的，我或许可以做个中学教员。"我不禁苦笑起来，"但是中学教员便好受吗？一天到晚拿了粉笔在黑板上写了又揩，揩了又写，教的是教育部审定的书，上的是教务处排定的课，所得的薪水也许不够买大衣皮鞋。秋天到了，开始替校长太太织绒线衫。没有一个女教员不恨校长太太，人家替她一针针织着花纹，她却躲在校长办公室里讨论教员缺席的扣薪问题。"

"你也不用瞎挖苦人，"母亲忽然转了话头，"做个职业文学家也不坏吧?"

"写文章白相相也许开心，当职业出售起来却也照样得淘闲气。第一先要通过书店老板的法眼，那法眼是以生意眼为瞳子的。文章优劣在于销路好坏，作家大小全视版税多寡，因此制造作品就得看制造新药的样了，梅浊克星，固精片，补肾丸，壮阳滋阴丹之类最合社会需要，获利是稳稳的。若不知这种职业上秘诀，人家都讲花柳第一而你偏来研究大脑小脑，神经血管之类，不唯无法赚到钞票，还须提防给人家加上'不顾下部阶级''背叛生殖大众'等罪名，倘若你得了这类罪名以后，掮客性质的编辑者们便不肯替你吹嘘兜销了，除非你能证明血管就是卵管，脑汁等于精液。"

母亲皱紧了眉头，半晌叹口气道："想不到你竟这样没能耐，这事做不来，那事吃勿消，害得我白白希望一场。"

"你的希望要你自己去设法达到，"我也大大不高兴起来，"我可没有以你希望为希望的义务。老实说吧，照目前情形而论，女子找职业可决不会比坐在家里养孩子更上算。因为男人们对于家庭实是义务多而权利少，他们像鹭鸶捕鱼一般，一衔到鱼就被女子扼住咽喉，大部分都吐出来供养他人了。"

"这样说来你是宁愿坐在家里扼人家咽喉抢鱼吃的人，好个依赖成性没志气的人！唉，我真想不到这许多代的母亲的希望仍不能打破家庭制度……"

"这倒用不着你来担心，"我急忙打断她的话头，"家庭制度是迟早总会消灭了的，至少也得大大改革。不过那可是出于男人的希望。你不听见他们早在高喊女子独立，女子解放了吗？只为女子死拖住不肯放手，因此很迟延了一些时光。真的，唯有被家庭里重担压得喘不过气来的男人才会热烈地提倡女权运动，渴望男女能够平等，女子能够自谋生活。娜拉可是易卜生的理想，不是易卜生太太的理想。他们只希望把女子鼓吹出家庭便够了，以后的事谁管你娘的。可是，妈妈，你自己却身为女子，怎可轻信人家闲言，不待预备好一个合理的社会环境，便瞎嚷跑出家庭，跑出家庭呢？"

"你到底总还是孩子见识，"母亲轻声笑起来了，眼中发出得意的光芒，"你以为社会是一下了便可以变得完完全全合理的吗？永远不会，我的孩子，也永远不能！假如我们能够人人共同信仰一个理想，父死子继，一代代做下去，便多费些时光，总也有达到目的之一日。无如这世界上的人实在太多了，智愚贤不肖，老幼强弱，贫富苦乐人人各殊，你相信的我偏不相信，你要前进我便来阻碍，因此一个理想不必等到完全实现，它的弊病便层出不穷了。于是另一个新理想又继之而起，又中途而废。自古迄今就没有一种理想实行过，没有一个主义完成过。我真觉得社会的移动委实太慢，而人类的思想进步得多快！一个勇敢的女子要是觉得坐在家里太难受了，便该立刻毫无畏惧地跑到社会上去，不问这个社会是否已经合理。否则，一等再等，毕生光阴又等过了。"

"这是你的英雄思想，也许。但几个英雄的侥幸成功却没法使大家一齐飞升，有时反往往鼓励出无谓的牺牲来。在目前，我们似乎更需要哲人作领导，先训练我们思维的能力。因为有思想然后有信仰，有信仰然后有力量，这两句话我相信决不会有错。你说过去的各种主义都不能完成，那便是英雄们不许人家思想，硬叫人家信仰而压迫出来的力量。这种力量是基于私利而集合起来的，不是由于信仰真理而产生。因此只要他们相互间利益一冲突，力量便散了，拿来做幌子的理论也站脚不住，人类愈进化，要求思想合理的心也愈切，专凭本能冲动的赤子之心是未足效法的。孩子不知道河水危险，在岸边玩厌了便想跑到水面去，这种行动我们怎么能够叫他勇敢呢？那么又怎么可以鼓励一个不知社会的女子贸然跑到尚未合理的社会中去呢？她们需要认识，她们需要思想。"

"哈哈！"母亲不耐烦地笑了起来，"要是你不跑到学校里去，怎么会晓得上课下课的情形？你不跑到操场上去，怎么会晓得立正看齐的姿势？我知道你现在一定还不肯服输，会说那可以从书本子上去求认识，但是，我的孩子，你可太把经验看得容易了。一个教育理论读得滚瓜烂熟的师范生上起讲堂来没法使成群学生不打呵欠；一个翻遍植物标本的专家也许认不得一株紫苏。就如你，只为目前尚未受到深刻的家庭妇女苦痛，所以任凭我怎样说法还是一个不相信到底。但是，儿呀，你所说的思想，思想，一切空头思想都是没有用的，唯有从经验中认清困难，从经验中找出解决困难的思想，才是信仰之母，力量之源呢！我现在已承认自己过去空头思想的失败，不忖自己拿出力量来奋斗而只希望另一代会完成我的理想，如今你的答复已经把我半生希望都粉碎得无余了。所以一个人总不能靠希望……"

"一个人总是靠希望活下去的，"我迅速改正她的结论，"要是我们没有美丽的希望，大家都把事实认识得清清楚楚，谁都会感觉到活下去委实也没有多大道理。你以为做人真有什么自由或快乐吗？一日三餐定要饭啦，菜啦，一匙匙，一筷筷送到嘴里，咽到胃里去给它消化，这件事情已经够人麻烦讨厌了，更何况现代文明进步起来，一种原料可以炒啦，烧啦，烩啦，炖啦，烤啦，烘啦，焙啦，蒸啦，卤啦，腌啦，有上几十种煮法，食时还有细嚼缓咽，饭前洗手，饭后漱口等等卫生习惯，大家奉行得唯谨唯慎，小心翼翼，仿佛是一日不可或缺，一次不可或减的天经地义样的，弄得脑袋整天为它做奴隶还忙不过来，怎么还能够有什么别的思想产生呢？你刚才所说的经验困难等等，照目前情形而论，还不是大部分困难都发生在吃的身上吗？吃不饱的人想吃得饱些，吃得太饱了的人想弄些助消化的东西来。所谓经验也无非就是找饭吃，赚饭吃，弄饭吃，骗饭吃，抢饭吃的经验罢了。靠这些经验产生出来的思想还有什么了不起的？所以我以为凡相信不经一事不长一智说的人们，不是蠢材也是笨蛋！人生的过程是这样短短的一段，便天天得一种经验也换不了若干智慧呢。"

"好，好，"母亲的嘴唇又抖了，双手也发起颤来，从我膝上抱过菱菱到房外去，"我总算是给希望骗了一生的蠢才笨蛋，只要你思想思想思想出幸福来便好了。——菱菱，外婆的乖宝，你大来总不至于像你妈妈般不孝吧？"

归　宿

　　在一个寒冷的早晨，母亲忽然到上海来了。陪她走进我房间的是我的堂妹夫时人，接着车夫又拎进许多大大小小的网篮包裹，出乎我意外地，我不禁揉着眼睛说："咦，母亲?"

　　她在笑，不，又像在哭着。

　　时人便替她回答道："婶婶因为很惦记你们，所以决定跟我来上海一趟，临行匆匆的，也来不及通知你们——姐姐，你同孩子们都好吗?"

　　我这才想到从未见过外婆的面的菱菱与元元，连忙走近床前喊："快起来呀，外婆来了!"

　　菱菱笑吟吟地看了母亲一眼，只不言语，一会儿又带羞问我："妈，她……她就是外婆吗？"我说："是呀。"她这才低低喊了一声"外婆"，母亲再也顾不得时人在旁，快步过来捧着她的面孔尽瞧，一面又问："还有我的元元呢？"元元的头钻在被底下，本来略掀开被头一角在窥视的，经母亲这么一说，他就迅速地钻进被窝去了，再喊他也不肯伸头来，母亲也就不勉强，只对着他在被中一拱一拱的身子说："元元，别害羞呀，外婆给你们带了许多乡下吃食来呢！"说毕，只见被头的一角又掀了起来，元元的乌灼灼眼珠在转动着，母亲瞧着不禁微笑起来了。

笑，充满了这小小的房间。

时人告辞走了，我们也不挽留他。于是母亲忙着解包裹，取出桃酥，百果糕，酱油瓜子之类，孩子们嚷着就要吃，我叫女佣替他们穿衣服，但是母亲说："慢着起来吧，在被窝里面先吃些糕也一样的。"我不禁想起他们尚未漱口哩，然而母亲已经把百果糕撕开分给他们了，他们也急急往嘴里送，我还多说些什么呢？

百果糕是糯米做的，嵌着胡桃肉，又甜又软，菱菱把它粘在棉被上了，扯不下来，只好用齿去咬取，元元则是整块塞进嘴里了，于心不足，仍旧抢着要去舔菱菱粘在棉被上的糕，两人就此吵起架来了。

母亲连忙喊他们说："菱菱元元别闹呀，外婆还有好东

126

西哩!"一面说,一面在网篮底里捧出只小碗来,碗口有厚纸覆着,母亲把它揭去,伸手入内掏摸半晌,这才高兴地说道:"真好,蛋连一只也没有碎。"说着便拿出二只光鲜可爱的小蛋来给我观看,元元嚷着也要瞧,母亲说:"这鸡蛋是生的,要煮过才好吃,元元同姐姐快些起床,叫你们的妈妈给你们烧几只吧。"

我心里暗想鸡蛋是顶普通的东西,母亲把它们盛在碗里,拌好糠屑,不远千里带到上海来,不怕多麻烦吗?但是母亲却不肯这样想,她说今年买了四只小鸡,到养大来只剩两只了,都是雌的,本想这次带到上海来给我们吃,但是它们实在会生蛋,天天一个,从来不偷懒的。"我把这些蛋一个一个拾起来,积到如今,已经有百把个了,多有趣。"她一面说一面把碗里的蛋陆续摸取出来,放在桌上,又恐怕要滚下去打碎了,叫我去取一只空面盆来。都是小小巧巧的椭圆形东西,蛋壳揩得很干净,只有一个是涂着血,据母亲说那是黑母鸡的初生蛋,吃了很滋补,再三叮嘱我要煮给男孩元元吃。

她又夸奖那两只鸡,一只是黑的,毛羽乌得发光,连脚爪都没有例外。其他一只则是黄白黑三色夹杂的,她就叫它"花背心",意思说它的身上仿佛披着花背心一般。她对它们很爱惜,因此舍不得带来给我们吃掉,把它们寄养在隔壁六婶婶家里。"我对她说过这次出来至多一个月就要回去，所以就交给她一个月的糠与米。"

我说："母亲，你在乡下也不过是一个人，还是长住在这里吧，也可以替我照管菱菱与元元。"

母亲似乎也很高兴，便对正走下床的孩子们说："这样也好，外婆从此不养黑母鸡与花背心，帮你妈妈照管菱菱与元元了。"

女佣捧三碗蛋糊来，母亲是吃长斋的，只微微笑着瞧元元猴急喝下去的样子。

第一天，大家都有说不完的话。

第二天，我提议请母亲出去看绍兴戏，看完了戏到功德林吃素斋。母亲也没有怎样反对，只说："恐怕钱太贵吧。"我说母亲难得来的，应该去玩一趟，母亲就说要带孩子们同去，我也只好依从她了。

在戏院中，元元吵着要买吃食，我不肯，母亲总是说孩子吃些糖果又吃不坏的。后来又喝茶，喝得多了就小便，这样不待戏毕我们便出来了，因为母亲说是等戏做完后人都挤出来，恐怕会走失孩子。在功德林吃素斋时也是乱七八糟的，先是元元用筷敲桌子啦："菜快来！"吃了几筷又嚷不要吃了，跳下座位来到处乱钻。母亲埋怨我，说是菜点得太多了，这几个人吃不光，心想问他们借只纸袋把点心之类包起来带回家中去吃。我劝母亲还是算了吧。母亲只是惋惜着，毕竟也没有什么好办法，就劝我多多吃下去吧，把我的肚子塞得怪难过，她自己也似乎在拼命咽下去。

第三天，菱菱病了，医生说是伤风积食，母亲却说是她又没有元元吃得多，元元倒没什么，她就会积食了吗？大概是马路中汽车来往太多了，喇叭又撳得响，因此唬坏了娇滴滴女孩儿家。

菱菱病愈之后，元元又病了，也是便秘，肚子痛，母亲这才没有话说了。她老人家忙着替我照管这样，照管那样的，可是其间也有一些不便，就是她不愿意直接吩咐用人，要她去做的事总要对我说了，叫我再去吩咐她。我说："母亲，我们出钱雇的用人，你又何必同她客气呢？"母亲默然半晌道："话不是这样说的，上海找用人难，假使她一旦赌气走了，你的事情这样忙，我又帮不了你，这可是怎么好呢？"

渐渐的，母亲饭量也减少了。她不再爱喝浓苦的茶汁，也不常抽烟，只自静静的坐在沙发上。起初我以为她是无聊，强陪她出去，有时逛公园，有时看中国电影。每次出去母亲总是要带着孩子，不过现在可不大买东西给他们吃了，她只一路拣玩具送他们，他们也很欣喜，不过有些东西还不曾带回家便弄坏了，母亲瞧着倒也没有十分肉痛的样子，她说东西原是给孩子玩的，弄坏了也就算数，孩子毕竟比不得大人喽，若是买玩具老不会弄坏，大街上还要开着这许多玩具铺子干吗？

后来我主张不要带孩子们出去，因为他们念书也要紧，常常请假，恐怕要留级的。母亲没有话说。不过从此她在外面便没有瞧呀吃的心思了，她只惦记小的孩子会不会跌跤，又恐怕他们弄电炉，报上登载着每次起火的原因都不是为了走电吗？

在一个寂寞的夜里，母亲终于对我说出一番话来了。

起先是我忽然从梦中惊醒过来，似乎听见邻床有母亲咳嗽的声音，我略欠身子往外瞧，可不是她正坐在床上吸烟，一面咳呛频频吗？我问："母亲，你要喝些茶吗？"她说也好，不过叫我穿好衣服再替她去倒。我遵命穿上旗袍拖鞋，想去开灯时，母亲摇手说不要，她怕强烈的灯光会惊醒孩子们，窗外有银灰色月光，我瞧见母亲的脸色庄严得可怕。

我站在她的床前，弯腰把茶壶递给她，她接过去略啜几口，摆手叫我在床沿坐下，半晌，她这才决然对我说："阿青，我过几天要回家去了。"

我惊异地问："怎么啦，母亲，你住不惯上海吗？"

她说："不，我自己乡下的事情也丢不掉。"

"你在乡下还有什么可牵挂的事情呢？现在离收租的时期又远得很……"

"就是那两只鸡，"母亲忧愁地说，"我天天地惦记它们，留给六婶的糠与米恐怕也快要完了。"

"那有什么要紧呢？写封信去叫六婶代买一些，将来可以还给她的。再不然，就干脆把这两只母鸡送给了六婶也行。"

"它们每天会生一个蛋呢，从来不偷懒的。"

"蛋有什么稀罕？上海多的是！"我不禁笑了起来。

母亲怪不高兴的说道："你看什么事情都稀松平常，那是你不懂事，将来赚不着铜钿的时候可犯关哩。"

我得意地笑道："母亲，我离婚出来的时候，不是连一个钱也没有吗？怎么会好好的活到现在呢？一个人只要有一技之长，总也不愁没饭吃……"

母亲打断我的话说："但愿你能够常常如此才好。唉，阿青，你知道我这次为什么到上海来的？难道是为了瞧热闹吗？我才没有这种开心的想法哩！我是为着不知你如何在过活，孩子们又长得怎样了，才发起这个大愿心赶来看看你们。都是前世不修，今生才会碰到如此男人。不过你也不用怨恨他，好好的把孩子养得大了，到头来怕还不依旧好好的是夫妻吗？我只记得他第一次到我家来做新女婿的时候，高高的身材，清秀的脸蛋儿，开口亲亲热热便喊我一声姆妈，想不到如今……"她的声音有些凄楚起来，我不禁打断她的话说："母亲，我已经同他离婚了，你还去提起他干吗？"

"离婚尽管离婚，夫妻终归夫妻；"她斩钉截铁的说，"将来元元长大了，叫你是妈，叫他是爸爸，他好意思不应吗？"

我摇头不语。月光如水般直泻进屋子里来。母亲又喝了两口茶，脸色更庄严起来，良久，她放下茶壶对我说道："阿青，你告诉我，你不会再嫁人吗？"

"……"我一时答不出来，心想若有合乎理想的人，我又为什么一定不嫁呢？

"天下的男人没有一个好的，"她不禁悲哀地说，"在没有娶你的时候，他们嘴里会说得如蜜一般的甜；等到你已经嫁给他了，还不是依旧把你当做一件破衣衫，轻轻摞在一边？况且你又有儿有女……"

"母亲，现在的男人可是有新思想的了。"我觉得她伤了我的自尊心，忍不住改正她说。

她冷冷笑了一声道："别的思想可以新，这种思想可是永不会新的。等你上了第二次当便后悔不及的了。而且初嫁不好有人同情你，再嫁若不落位，人家对你可只有嘲笑呀。"

我听得不耐烦，便赌气说："这样我就永远不再嫁好了。"

她以为我真是被劝醒了，便欢喜无量的说："这才是我的好孩子。——阿青，我还有一句话要对你说，我前月已在湖汇山买了一块坟地，风水很好的，面积也宽大，我想回去写一张遗嘱，叫你弟弟将来替我们做坟时剩出一方空地，将来你便同我永远作伴好了。"

我笑道："母亲，等我老死上湖汇山的时候，也许你早已到别处投胎去了呢？"

她一本正经的答道："假使我今日同你说好了，我会等你的，我们娘儿俩一生苦命，魂灵在山中也要痛哭一场呀。"

这时我想起恋妓弃家的亡父，又想起与亡父曾订过婚，但在八岁上便夭折了的亡父先配连氏，便问："母亲，你葬在湖汇山上，父亲与连家母亲也与你合葬吗？"

她想了一想说："我当初的确很恨你的父亲，但是如今人也老了，气也没有了，女人怎么可以不生死追随她的丈夫呢？"

"在墓碑上你便算是他的德配吗？"我问。

"也许应该写继配，我也不大明白。"她答。

"然则我的墓碑又该如何写法呢？"我问。

她想了片刻说："奉化有蒋母之墓，将来元元长大了，一定会替你争口气的，他也许做了大官，你的墓碑就可以仿此办法写呀。"

但是我摇头不语。我幻想着三十年后，青山常在，绿水长流，而我却归黄土，是不是果在湖汇山上虽不得而知，但总有我的葬身之地吧，我将来墓碑上大书"文人苏青之墓"，因为我的文章虽然不好，但我的确是写它的，已经写了不少，而且还在继续的写下去，预备把它当作终身职业，怎么不可以标明一个自己的身份呢？

将来也许会有人见了它说："哦，这里就是苏青的坟吗？"

也许会有人说："苏青是谁呢？哦，是文人。她有什么作品？待我去找找看。"虽然那时候我已享用不到版税了，但我还是乐于有人买书的。

我又想起不久以前曾在南京见过袁子才墓，他也是同他父母葬在一块儿的，还有他的太太，还有六个夫人，假使有鬼的话，他们在地下多热闹呀。袁子才的诗我只记得一首，是咏刘备招亲的，说是："刀光如雪洞房秋，始信人间作婿愁；烛影摇红郎半醉，合欢床上梦荆州。"我觉得末句最好，世界上有许多心不在焉而同太太合欢的人，不是梦着股票黄金便是想做国府委员了，这等人则女人虽生与之同室，死与之同穴，亦何乐哉？

想到这里，我也就释然于怀，觉得不嫁也罢，于是与母亲谈了一回将来同葬湖汇山上的事，然后安心归寝。

次日清晨母亲又把我喊醒来说："到虹庙去烧一次香吧。"我当然不肯反对，那时候孩子们还睡着，我把用人喊醒来嘱咐好了，便陪母亲去进香。在虹庙门首有许多香烛摊，母亲拣了一束顶好的线香，我要替她付钱，她坚决不肯，说："我已经五十多岁，以后没有重大事故恐怕再不会到上海了，这是我对菩萨一些敬意，不能由你代付的。"

我也就不勉强，走进庙里，她恭恭敬敬的插上了香，然后端跪在蒲团上足足有一刻钟之久，口中喃喃祈祷着，不知道在说些什么。我猜想她一定不知道上面坐着的是什么神，她只参拜她自己心中的神。综合她的一生行为是善良的，慈爱的，舍己利他的，我觉得她本身就是一个神，假使她能把爱家庭儿女的心推爱到全世界人类的话。

天空呈鱼白色了，是曙光的吐露，予万幸人类以无限安慰。我不禁在她的身后默默地也跪了下去。

什么地方是我的归宿？——湖汇山只是埋葬我的躯壳所在，而我真正的灵魂将永远依傍着善良与爱。

谈婚姻及其他

放在女人面前的只有一条道路，便是向上！向上！向上！

我国的女子教育

　　我是个受过高等教育的女子，我知道我国的女子教育是怎么一回事。严格的说来，我国根本没有所谓女子教育；学校里一切设施都是为男生而设，不是为女生而设的。这在男女同学的学校不必说了，就是专收女生的女子中学，女子大学，他们的课程等等还不是完全跟男校或男女同学的学校一样吗？但是一般自命为新女子的还高兴得很，以为这是男女平等。

　　从前我也曾高兴过，现在却有些怀疑起来了：男生能够受他们所需要的男子教育，女生也能够受她们所需要的女子教育，这才叫做平等呢，还是女生跟着男生一样受男子教育，便算是平等了？

男生每周上五六小时的国文课，我们当然也跟着上。但是国文教材是什么呢？第一类是古文，说的都是从前男人社会的事，如大臣被贬思君啦，将军沙场苦战啦，名士月夜狂饮啦，清高的人辞官回来，与妻妾儿女僮仆辈叙叙家常，玩玩山水啦……这类事情有趣敢情是有趣，意义也不错，就是与我们没有什么切肤之感。其他如经书之类，做的人当然是男人不必说了，其间即使偶然有一两个女作家，如曹大家之类，她们也是代男人立言的。但这也无足深怪，因为她们读的是男人的书，用的根本是男人所创造的文字呀，置身在从前的男人社会中，女子是无法说出她们自己所要说的话的。至于第二类所谓新文学作品呢？对不住得很，也还是男人写给男人们看的，因为现在仍旧是男人的社会呀。虽然他们也谈到妇女问题，提倡男女平等，替我们要求什么独立啦，自由啦，但代想代说的话能否完全符合我们心底的要求，那可又是一件事了。所以我敢说，读这类文章读出来的女生，她们在思想上一定仍旧是男人的附庸。她们心中的是非标准紧跟着男人跑，不敢想男人们所不想的，也不敢不想男人们所想的，什么都没有自己的主意。所以我对于一个女作家写的什么"男女平等"呀，"一起上疆场"呀就没有好感，要是她们肯老实谈谈月经期内行军的苦处，听来倒是入情入理的。

说到数理，更是浪费女生精神的东西，有时候苦思过度了，还戕害她们的身体呢！我是普通中学毕业出来的，读过大小代数，三角，平面几何，立体几何，解析几何等等，为了它们真不知吃过多少苦头。到如今虽是八九年不与它们见面了，但平时只要稍感到吃力，晚上做梦便会做着考数学的。我知道大学里面有许多工程系女生不能够读，即使她们为着好胜一定要读，那就读了也没有用。这样说来，我们还苦苦地陪着男生念数学干吗？

在学校里，其他不必需的课程，还有许多许多，但是女生一一都得学。其实呢，女子的青春时期短得很，在十几岁到二十岁左右记忆力顶好的时候，被杂乱无章的功课浪费尽了精力。到了二十开外，记忆力衰退了，再学自己所想学而且应该学的东西，已是事倍功半。所以目前教育界有一种现象，便是小学里女生功课比男生好；中学里不相上下，但已是男生占优势；进了大学，便绝对赶不上男生了。这现象可有二种解释：一说是女子智慧早熟早衰，过了短短的几年青春期，便不行了。一说是小学时代学生年龄尚幼，生理上男女无大差别，故功课一样也没有关系；到了发育时期，男女的差别便显出来了。以后表现得更分明，故功课标准根据男生来定，女生便有些跟不上了。两说无论其孰是孰非，但女子教育不能一味照着男子教育依样画葫芦，那总是无可非议的事。

　　顶可笑的便是在我们读中学时代有家事一科，是选修科，由一个女训育员来教。起先校方规定女生必须选读此科，男生听便。但后来男生因为它容易骗取学分，便纷纷报名来选读了，人数竟达七十余人之多，为其他选修科所未见。女生呢，却认为校方所说必须选读一句，是侮辱女性了，既云选修，如何又有必须？就派代表前去质问，于是校方收回成命，女生也是听便，结果女生中选读家事的，就只有我一人。我选读它的原因，是因为自己对此道实在太不行了，想真的学得些缝纫烹调等常识。不料在第一天上课的时候，女同学们莺莺燕燕在教室门口包围得水泄不通，甚至连各个窗子上也都晃动着无数蓬松长发的人头。而教室里面只有我一个人坐在七十多个男同学中间，自己也就觉得有些不自然了，哪禁得窗外门外的目光都一起投射到我身上来，她们冷笑着，一面交头接耳的不知在谈论些什么。她们一定在讥笑我不要脸拍校方马屁吧，我想，或者是在讥笑我没志气自己瞧不起自己选来的这门"家事"科了。就是到了今日，我因为不善处理家务，几个旧时候的女同学见了我还取笑："你是选过家事的呀，怎么连这些还不知道呢？"

　　由此我便推想到我国女子教育失败的原因：不是没有

人想到女子教育有区别的必要，便是想到了不敢说，说了就有被质问被唾骂的危机。而且即使有人说着做了，女子们自己也不肯相信他，听从他的。若偶尔有人听从了他，她便得受尽女伴们的嘲笑，凭空加添出一份麻烦来。结果是女子教育包在男子教育里面，或者说根本没有女子教育这回事。

身为女子而受着男子的教育，教育出来以后社会却又要你做女子的事，其失败是一定的。就以我个人而论，教育，教育，我真是吃尽它的亏！假如我根本没有受过什么教育，也许反要比现在幸福得多了。

我的成绩，与同级男生比较起来，可以说是毫无愧色的，但是现在他们都成功了，我却失败，这是在学问事业方面。因为他们可以专心一志的对付学问事业，我却要兼顾家庭。然而在家庭方面又怎样呢？他们还是大都幸福的；即使偶有不幸福，也与他们所受的教育无涉。然而我，我的孤苦伶仃，却是教育害了我的。

我们都知道教育的第一个目的是要造成有用人才，以供社会需要。因此社会上需要医生，学校里便有医科；社会上需要教员，学校里便有师范科等等。教育出来以后，医科出身的人便当医生，师范科出身的人便当教员，这叫做学有所用，能够适应社会的需要。然而我们呢？社会需要我们做人家的妻子，做孩子的母亲，学校里却没有贤妻良母科，教我们怎样做妻子做母亲呀，这又叫我们怎么办呢？我敢说我们在小学中学大学里所学过的全部课程中，没有一种能够指导我们怎样养育孩子的，甚至连生产常识也没有教，但是我们必须生孩子，养育孩子呀！

也许有人说：那么男子也没有学过贤夫良父科，他们又是怎么办呢？这话可是不对。因为做丈夫做父亲便当得很，只要多赚几个钱便行了，用不着学习什么专门技能的。换句话说，他们可以利用他们所学的东西来多赚些钱，这样便可以舒舒服服的做丈夫做父亲了，用不着再学什么做丈夫做父亲的特别技能。但是我们便不同了：代数三角不能用以计算娘姨的小菜账；历史只告诉我们人种的由来，可没有告诉我们孩子是怎样受胎，怎样产生，怎样长成的呀！不错，那也许是我缠错，缠到生理卫生上面去了。但是我是上过生理卫生课的，我们那时是男女同级，当老师讲到膀胱一章时，男生都朝着女生们笑，并且用难听的话来打趣她们，因此女生们都羞红着脸逃跑了，下面讲生殖器官的一章更不敢听，大家宁愿旷课下去，弄得教师没法，只得连受孕怀胎几章都删去不讲，因此我们对于这些事便连一些常识都没有。但是男生们没有还不打紧，胎又不是长在他们肚子里的，吃亏的可是女人呀！在家庭妇女还占着绝对大多数的，我国女子的出路既是做妻子，做母亲，怎么可以不学些做妻子做母亲的本领来应付环境呢？

我是十八岁上出嫁的，没有学过做妻子，做母亲的本领，便嫁了人，而且很快的养下孩子来了，于是我便吃尽苦头。当时我只知道二个人要好便可以结婚，谁知道结了婚就不要好了。结婚须有结婚的知识与技能，我没有，我的丈夫也没有。但是他没有不打紧，他不必管家，不必养孩子，甚至于唯一的责任供给钱，也由他的大家庭替他负担了。然而我却吃尽苦头呀！古人说：未有学养子而后嫁者也；我倒以为女子在出嫁以前，真该好好的学养子一番才对。而且，避孕也是很重要的，女子教育不但要教人学"养"，还要教人学"不养"哩。

这样说来，女子教育似乎专门指贤妻良母教育而言，相当于日本的新娘学校，除了插花，配窗帘，布置房间等等之外似乎再不必学习其他东西了，那也不然。我以为真正的女子教育可分为二种来讲：一种是预备给完全以婚嫁为职业的女人来用的，就专门教给她们以管家养孩子的种种技能，相当于其他各项的职业训练，使她们将来能够所学得其所用。另一种便是除了教她们与男生同样学习各种职业技能，或同男生一样启示她们一条路径，使她们将来得从事于某种学术研究以外，还得教给她们些管家养孩子的常识，因为从事职业或研究学问的女子总还得结婚养孩子，在目前的中国社会里，男子可以专心从事职业或研究学问，把家务孩子统统交给他的家主婆，女子可没有这么好福气讨个家主公来呀！而且生产这类事也不是别人可以庖代得来的，总得知道一些。除非她是个终身不嫁人的女子，才可以与男子受同样教育，只不过在上生理卫生课时，还得把"月经期内的卫生"一章对她讲得特别详细一些，别让她听到讲膀胱那章时便给男生笑得逃跑了，那才是女子教育的万幸呀！

第十一等人

——谈男女平等

《左传》有一段话，把人类分成十个等级，说："天有十日，人有十等。下所以事上，上所以共神也。故王臣公，公臣大夫，大夫臣士，士臣皂，皂臣舆，舆臣隶，隶臣僚，僚臣仆，仆臣台。"鲁迅先生见"台"没有臣，未免太苦了，便安慰他说无须担心的，有比他更卑的妻，更弱的子在。但其子不过弱而已矣，长大了便强，便可升而为"台"，而妻的卑却是命中注定，永无翻身之日，永远是个第十一等人。

做第十一等人当然是痛苦极了，她们唯一的希望，便是赶快讨个媳妇。讨个媳妇进来虽不能使自己跃高一等，上面至于与第十等男子并肩称"台",但下面总算添了一级。假如说:那个新进来的媳妇的等级是第十一等B级吧,那么她自己便是第十一等A级了,心中安慰得多。当然这升级的希望完全靠在生儿子身上,没有儿子便没有媳妇。别说在第十一等中分不出A级B级来,恐怕犯了七出之一,连最低等的身份也保不牢了,岂不哀哉!

不过这哀哉乃是后人的话,当时的女人是决不会想到躐等幸进这类事情上去的。就是有几个会想的人,她们也不敢想。不敢思想男人所不许她们想的东西,不敢不思想男人所要她们想的东西,时时,处处,个个都顺着丈夫的性儿行事,那便是所谓妇德!别说男人叫她们做第十一等人,她们当然是"以顺为正"。就是男人叫她们把"人"的资格取消了,她们也一定"无违夫子"的,直到近世自由平等的思想发达以后,男人间十个等级也不存在了——在名义上总是不存在了——这才产生了一位娜拉。

娜拉的出现曾予千万女人以无限的兴奋,从此她们便有了新理想,一种不甘自卑的念头。她们知道自己是人,与男子一样的人,过去所以被迫处于十等男子之下者,乃是因为经济不能独立之故。于是,勇敢的娜拉们开始在大都市中寻找职业。结果是:

有些找不到,

有些做不稳；

有些堕落了！

成功的当然也有，但是只在少数。而且在这些少数的成功者当中，尚有一个普遍现象，便是她们在职业上成功以后，对于婚姻同养育儿女方面却失败了。于是许多人都劝娜拉们还是回到家里去吧，娜拉们自己也觉没味，很想回到家里来了。

但是家里的情形又变成怎样了呢？

大部分丈夫是早已不把妻子当作第十一等人看待了，相反地，他把她认作全智全能的上帝。他要求她：第一，有新学问兼有旧道德（此地所谓旧道德，当然是指妇德之类而言）。那比起从前做第十一等人时只讲"女子无才便是德"的要难得多了。第二，能管内又能对外。管内便是洗衣做菜抱孩子，对外便是赴宴拜客交际跳舞。从前女人虽也有坐八人大轿上衙门，拜姨太太做干娘等事，但总不及现代女人所受的应酬罪之多。而且男人都是要体面的，太太在家里操作虽如江北老妈子，到了外面却非像个公使夫人不可。第三，合则留不合则去。从前男子虽把女人当作他的奴隶牛马，但总还肯豢养她，教导她，要她们生儿子传种接代，与自己同居到老死。而现在的男子呢？他们却是又要马儿好，又要马儿不吃草。一旦马儿老了，或者马儿尚未衰老而自己却已骑厌了，便想把它立刻一脚踢开，另外换匹新的来骑。踢开一个妻子，横竖也不过是几千元赡养费的事，夫妻之间最难法律解决，难道司法警察可以把自己硬押进房不成？

于是乎女人苦矣！女人难矣！女人虽从第十一等人一跃而与男子平等，但其生活却更苦更难了。

然而怎么办呢？

有些人说：其实女人还是不解放的好，就算做个第十一等人吧，总还是有人可做，有儿女可养，而且生活也稳定。这是复古派的议论。

他们看到女人现在的环境恶劣，正是想做奴隶而不得时代，以为她们一定是希望回到从前做第十一等人的时代去了，那可是他们的观察错误，我敢说天下决无此事。这好比一个缠足放大了的人，虽然大足须日行百里，走得脚底也起泡了，可是叫她们仍旧裹起足来不再走，她们会愿意吗？不！她们是宁愿苦苦练习跑路，不愿再裹小脚的。更何况现在男人的思想也变了，他们对于妻子的希望是妇德（还是指第十一等人的奴隶的道德而言）多带，妇食自备，那就是说女人即使再裹小脚也得跑路了，那更是干脆的断了她们复古的念头。

放在女人面前的只有一条道路，便是向上！向上！

向上！

但向上向上究竟要上到何等程度，也颇有讨论价值。许多人都说女子解放之目的乃在于求男女平等。诚如其言，则女人的欲望未免太小，要求也未免太低了。因为照目前的情况而论，大部分男人实在也并不幸福，也有想做奴隶而不得的现象，连最低生活都没有保障，不知道女人又羡慕他们些什么，若说女人要求平等，不是要求与现代男子平等受苦，乃是要求与将来理想社会中的男子平等享乐，则届时女人也自有其特殊要享受的快乐可要求，难道除了与男子平等以外，便无其他更高的希望？不问这东西——平等——是否定为自己所需要，只因它以前会为他人所吝与，遂一意求之，这是斗气式的行为。

我以为宇宙间一切事物决没有真平；水面是平的，但是河底却深浅不等。而且平了又有什么好处？人不猎兽，则人失猎得之乐，兽失逃生之乐；或者说：人无空劳往返之忧，兽无误落陷阱之忧。如此一来，人兽平等是平等了，其奈大家无忧无乐，统统活得不起劲何？人与人也是如此。像过去般男女不平等的时候，男人快乐，女人不快乐。现在男女名平等而实仍未平，故女人争取，男人吝与，其实都是毫无意义。我相信将来男女真的平等了，男女双方都不会快乐。虽然他们及她们的斗争行为总算告个段落。

女人生孩子，男人不生孩子，这是男女顶不平等的地方；女人还是要求与男子平等，大家都不生孩子呢，还是希望在生孩子的时候能够多得到些较男子更好的待遇呢？

我敢说一个女子需要选举权，罢免权的程度，决不会比她需要月经期内的休息权更切；一个女人喜欢美术音乐的程度，也决不会比她喜欢孩子的笑容声音更深……我并不是说女子一世便只好做生理的奴隶，我是希望她们能够先满足自己合理的迫切的生理需要以后，再来享受其他所谓与男人平等的权利吧！

凡男人所有的并不都是好的；凡男人所能享受的，女人也并不一定感到受用，这个观念须弄得清楚。幸福乃满足自身需要之谓，不是削足适履，把人家所适用的东西硬来满足自己不尽同的需要。假如你这样做，那只能显出你的嫉妒，浅薄，与可怜，距成功之域尚远。

做惯了第十一等人的女人呀！你们现在好像上电梯（其实上去还是由楼梯拾级而登的好），升高得太快了，须提防头昏眼花栽斤斗呀！尤其是在目的地到了，电梯停住的刹那，你们千万要依照牛顿的运动定律做——那是真理！

我们在忙些什么

我有许多女友，现在都出嫁了；她们不养孩子，也没有什么工作，可是说起来却不得闲，天天不知道在忙些什么。

"我们得找个职业呀，难道就这样的混过一世吗?"年青的张在着急了。

"再过四五年就是三十岁啦!"美丽的王更感到怅惘。可是着急尽管着急，事实上我们还是照样的一年年过去，始终没有做过什么工作。我们在家里既不洗衣做饭，又不看戏打牌，养了孩子有奶妈，给人家想起来该是少奶奶闲得不得了，但事实上我们却也天天忙着。

这样的情形连自己也有些莫名其妙，于是约了个日子集齐讨论：我们究竟在忙些什么？

住在大家庭里的淑首先发言了："我可是没有法儿呀，不是自己懒得做事；家里住了这许多人，公公，婆婆，小姑，小叔，还加上一个窑子出身的姨娘，谁个跟前不要去敷衍一下？每天早上，婆婆念佛，要烧早香，小姑小叔要去上学，好容易陪着老的烧完了香，打发小的上学去了，回到房里还要待候丈夫起身。这是大家庭里的规矩，我们知书识礼的女子更要晓得。否则就是幼失庭训，辱没了爷娘。你们该觉得做这类事情未免太低微了吗？说出来你们也不会明白，大家庭里的媳妇都过着这样的生活。她们怕闹起来会给人家笑话，于是就含垢忍辱；起初是不敢反抗，后来就不想反抗。捧面盆，端洗脚水样样都来，只要在人家面前丈夫肯替她把大衣披上，就算顾全了她的体面。她们最不肯得罪夫家，替姨娘找电影广告，陪婆婆讲龙王故事，亲戚来了要客套，一天到晚全为敷衍夫家而忙。到了晚上丈夫又回来了，于是聚会起精神再敷衍，敷衍得他呼呼睡熟了，自己也就精疲力尽的躺在床上，想起鞋子还未买过，报纸没读，账也没上，连家信也只写好'父母亲大人膝下'一行，但这些都只好留到明天再说了。要是我们有个小家庭……"

"小家庭？"性急的曼冷笑了，"我认为美满的小家庭始终是一个幻想。你们住在大家庭里自由虽是不自由一些，但茶饭现成，门户不管，哪里会有我们这样麻烦？我们是一日三餐，烫衣刷鞋，什么都得亲自指挥。一旦娘姨跑了，荐头店去喊，一天换两个，包你坐也不定，立也不安。小家庭里最麻烦的是娘姨，平日你坐在房里，她一会儿跑进来拿钱买酱油，一会儿又说刷子不见了，恨不得你关上门儿，却又被她敲得震天响，说是挂号信等着要取回来。在这种情形下，你们想还有什么事可做，什么书好看？假如你偶然兴发，想自己写篇文章，那是包管你写不到三行，烟士披里纯就会给赶得精光。"

"所以我们必须有个职业，离开家庭到外面去做事呀！"年青的张又复述她的主张。

王很快的起来反对了："要找职业先得离婚，否则就盼望他赶快破产失业：一个有相当收入的丈夫是决不肯让妻子专心职业向外跑的。你瞧，我们隔壁的那个密昔斯①孙，不是只教了一星期书，就和孙先生吵得不可开交，结果不得不请人代课了吗？男人们在家时总得有个妻子陪着帮些小忙。他们早晨醒来，转了个身又假装睡着，于是做妻子的得表示亲热和温柔，把他哄起床来。一不小心他还要撒

---

① 英文Missis的音译，即"太太""夫人"。

娇，披上了衣服又倒在床上，这样就拖呀拖的一个半钟头过去了。起身第一件要事，就是跐着拖鞋上厕所，那时你得替他拿了报纸跟过去，他上马子你就坐在浴缸边，大家一面看报一面说笑，好容易等到他两腿发麻了，这才立起来洗脸刮须，一会儿肥皂，一会儿剃刀，什么都要你来帮忙。直到你的肚子真饿不住了，于是一面央一面催的大家都走进餐室坐好，少爷的差使又来了！面包欠软换饼干，牛奶太淡要加糖，直到时钟敲了九下，方才匆匆忙忙的上办公室去了，临行时还再三叮嘱你上午不要出去，说不定他会忘带了什么可差人来拿。总之，女子的责任在看家……"

"那么等他出去后你总可以自由做些工作了？"淑抢着问。

"做些工作？"王妩媚地笑了，"丈夫去了有娘姨来给你麻烦，这个苦楚曼该是知道得很清楚。那时朱妈看见少爷出去了就跑进来给你收拾房间，抹布太湿，扫地又扫得灰尘飞扬，于是你得避出去阳台上行个深呼吸，等她一切舒齐了再进来时，写字台上湿湿的写不来文章，只好拿起报来读，刚躺下沙发王妈又进来说是小菜买到了。这样白天里简直做不来工作，晚上又得陪着丈夫说些安慰话。所以我说要是我们的丈夫不破产失业，我们的希望就永远只是个希望罢了。"

说到这里贞的眼圈红了，她说她的丈夫并不需要她的亲热与安慰，却也不许她自去找职业，使他回家后失了个出气的对象。他的脾气很大，动不动寻她吵闹：洗脚水太热，纽子落脱了，一切都是老婆不好，骂了不够，还把茶杯摔破，桌子推翻，自己头也不回的上跳舞场搂女人解闷去了。于是她只好独个儿哭，抽抽噎噎的，结果还是娘姨进来把桌子抬好，碎片扫掉，劝了一阵又说些闲话，大家坐着等先生玩够回来，然后再关好后门睡觉。

"他们难道一些没有新思想？这样的不懂文明礼貌！"张气得面孔都红了。

"他们新思想是有的，但结婚后谁都会逼着老婆守旧道德，"曼开始解释，"我知道男人是最会吃醋的，我中学时有一个先生结了婚就不许太太上理发店，说是给剃头司务摸脖子是怪不雅相的。他们不许妻子袒胸露臂的违反新生活，虽然他们很希望别个女子都能打扮得多肉感一些。他们决不让妻子有发展或培养能力的机会，只一味用'男主外，女主内'的道理来压制她，把她永远处在自己的支配以下。"

这些话，我们都同意了。男子们把女人像鸟儿似的关在笼中驯服了后，不久却又对自己的杰作不满意起来：她

157

们的羽毛虽然还美丽，但终日垂翅瞑目的丝毫没有活泼生气。这时候就是有人替她们开了笼门，她们也飞不到哪里去，海阔天空就永远成为梦中的境界。这结果虽使他们放心，但同时又引起极度的厌恶。于是他们便开始看轻她，欺侮她，怪她们不肯努力向上爬，既不能对丈夫事业有所帮助，又不能陪着使丈夫开心，要不是男人度量大，肯自认些晦气，你们这类女子都该讨饭没路了。

"所以，他们对你就用不着再讲什么文明礼貌！"曼真有些感慨起来了。

"但我们女子自己真也太没志气了，"张气愤愤地说，"男子们为了醋劲不惜用利诱威迫手段把我们压制得服服帖帖，难道我们就不会吃醋，使他们也天天忙着而不知忙些什么，一切事业都做不成功吗？"

我知道女子们的吃醋方法与男人不同：她们不敢打破传统观念，叫男子整天坐在家中陪她，因为一个没事做的丈夫也很会使她失体面的。因此她们只得牺牲自己的自由，放弃自己的事业，每天忍耐着麻烦，履行这"陪"的神圣职务。她们决不会真正对这种职务感到兴趣，只是怕她们不这样做时，男人们就会发脾气而到外面去胡调罢了。这是多么愚蠢而苦恼的吃醋方法呀！我想要是男子们都肯自动的使上一条贞操带，天下就没有一个太太肯留在家中陪丈夫的了。

　　于是，我们的问题就这样的结束：我相信女人们要是都肯把这种吃醋方法改变一下，制成几句抗战式口号，健康第一！快乐第一！学问至上！事业至上！要陪丈夫也得在自己行有余力的时候始偶一为之，不要为吃醋而妨害一切工作，葬送毕生幸福，天天不得闲，连自己也不知道在忙些什么。

论红颜薄命

红颜薄命，这四个字为什么常连在一起，其故盖有二焉：第一，红颜若不薄命，则其红颜与否往往不为人所知，故亦无谈起之者；第二，薄命者若非红颜，则其薄命事实也被认为平常，没有什么可谈的了。这就是红颜薄命的由来。

天下美人多得很，就是在霞飞路电车上，我也常能发现整齐好看的姑娘。她们的眸子是乌黑的，回眸一笑，露出两排又细又白的牙齿。我想，这真是美丽极了，要是同车中有一个尊贵的王子，爱上了她，这位姑娘的美名马上就可以传遍整个的上海，整个的中国，甚至于整个的世界。可惜尊贵的王子决不会来与我们一同搭电车，就是勇敢的武士，豪富的官绅等辈也不会，她们成名的机会多难得呀，就是有，也只在浪漫的诗人身上。

要知道一个好看的女人生长在一个平凡的家庭里，一辈子过着平凡的生活，那么她是永远不会成名，永远没有人把黑字印在白纸上称赞她一声"红颜"的。必定在一个偶然的机会里，她给一个有地位的男人看中了，这个男人便把她攫取过来，形成自己生活的一部分，于是牡丹绿叶，相得益彰，她既因他而一举成名，他也因她而佳话流传了。美人没有帝王，将相，英雄，才子之类提拔，就说美到不可开交，也是没有多少人能知道她的。

譬如说吧，西施生长在苎萝村，天天浣纱，虽然有几个牧童，樵夫，渔翁等辈吃吃她豆腐，她的美名可能传扬开去到几十里以外的村庄吗？即使她有一天给挑水夫强奸了，经官动府起来，至多也不过一镇的人知道，一城的人知道足矣，哪里会名满公卿，流传百世，惹得骚人墨客们吟咏不绝呢？这也是她机会凑巧，合该成名，有一天正在浣纱的时候，刚好给范大夫差来寻美女的人瞥见了，于是她便给人家一献而至范大夫府上，再献而至越王座前，三献而进于夫差宫中。于是她的"红颜"出名了，薄命也就不可避免。

的确，在从前的时候，王宫就是红颜薄命的发祥之地。

一个如花如玉的少女进了宫里，不是没有机会见男人守空房到老，便是机会来了给那个骄恣横暴粗俗恶劣的所谓皇帝也者玩弄。那家伙有的是权，有的是势，有的是金钱，有的是爪牙，还有礼啦法啦这种种宝贝给他做护身符，一个美人到了他手里，便再也别想受他的尊重及爱护，相反地，他只知道蹂躏她，而她也只好忍受着听凭摧残。他也许是年老龙钟的，荒淫过度身体衰弱不堪的，有恶疾的，脾气当然不好，文才武才都没有，面貌也很难希望他生得端正漂亮，但是你都得忍受，还要感激他给你的皇家雨露之恩，不忍受不感激便是大逆不道呀！当我读到《长恨歌》中"承欢侍宴无闲暇，春从春游夜专夜"这两句时，总觉得玉环太苦，倒不如趁早长眠马嵬坡下，得到永久的休息为妙。皇帝这样，其手下的权贵们也就差不了多少，所以美人嫁给阔佬大概是很苦的，许多美人之没有后裔，大概也是由于她们的男人荒淫过度失却了生殖能力之故，盖当时未必有可靠的避孕法也。

婚姻不如意，便是顶薄命的事，理想婚姻是应该才貌相当的。所谓才貌相当，也不仅是男有才而女有貌，我的意思乃是说男之才与女之才相称，男之貌与女之貌也相当之谓。男女双方之才均称则精神上愉快，男女双方之貌得当则肉体上满足，这是灵肉兼顾的顶完善办法。而且话得

162

声明在前，这里所谓才也貌也都是指广义的而言，才乃包括一切思想学问志趣嗜好，不是专指吟诗作画等一艺之长；貌亦包括年龄健康清洁卫生，并不是专论一只面孔的呀。

此外尚有更重要者，则为道德之讲究。在婚姻关系中，若有一方不讲道德，即令才貌相当，恐亦难致幸福。至若一般有地位的男子想借其优越势力以猎取女人的肉体，或一般长得好看的女人想利用其美貌以猎取男子的金钱，则其动机已经卑鄙，道德观念全消失，哪里还谈得到真正的爱情幸福呢？

可惜许多女子都见不及此，这也是造成红颜薄命的另一原因。盖美貌常与年轻相连，年轻的女子常常缺乏经验，缺乏学识，则也是事实。学识经验既然缺乏，自然容易上钩，受人之骗，后悔莫及。美貌与思虑常是成反比例的，不会思虑的人，吃吃睡睡，跑跑跳跳，便容易显得年青好看。而一般男人又多赞美她的好看，而不提及她的无知，有时还说无知更能显出娇态，逗人爱怜。其实这句话可不知害坏了多少女子，于是她们只求娇憨，不敢多动脑筋，结果果然红颜了以后，薄命也就不可避免，这是美人不能思想之误。

美人不能思想，不肯学习，心地便狭隘，胸襟便龌龊起来。自己不肯努力向上，只希望有个现成的阔佬来提拔提拔她，于是见了君王眼红，见了卿相眼红，见了英雄眼红，见了才子眼红，仿佛只要一做这些人的妾，便可身价百倍，较旧日侪辈而有余了，于是你也竞争，我也竞争，大家抢夺良人，一人得意，万人伤心，红颜薄命的故事更层出不穷了。这可真真便宜了男人，美中择美，少里挑少，此往彼来，一直快活到死。有时还可三妻四妾，兼收并蓄。现在虽说盛行一夫一妻制，但红颜女子想嫁部长经理之类的还是太多，有财有势的男子与年青美貌的女子结合，是最最普通的事，也是最最危险的事。盖有财有势的男子大都老奸巨猾，而年青美貌的女子又多无学无识，其不上当，安可得乎？此红颜所以更多薄命机会也。

至于薄命者若非红颜，便无人说起或说起而无人同情一节，这颇使我愤愤不平。也许我就是这么一个碌碌庸人吧，我只知道敬佩无名英雄，也同情另一批不红颜而薄命，而且比红颜而薄命者更苦上万分的女人。譬如说天宝遗事吧，杨贵妃死了，多少人同情她，为她做诗，做戏曲，做文章，因为她美得很哪。其实她生前既淫乐骄奢，死后太上皇还一直惦记着她，遣方士觅取她的阴魂，也算够哀荣的了，比起长门镇日无梳洗的梅妃来，不是已幸福得多吗？不过梅妃也相当漂亮，惊鸿舞罢，光照四座，因此也有人为她的失宠而洒一掬同情之泪，比起那倒霉的皇后以及白头宫女辈来也不知多幸福几许了，那些非红颜的女人在平时既无人怜爱，赐一斛珍珠慰她们寂寥，乱时又无人保护，死者死，剩下来的也只有继续度凄凉岁月到老死罢了，这还不是更薄命吗？

老实说，历史家常是最势利的，批评女人的是非曲直总跟美貌而走。一个漂亮的女人做了人家小老婆，便觉得独宿就该可怜，如冯小青般，双栖便该祝福，若柳如是然，全不问这两家大老婆的喜怒哀乐如何。但假如这家的大老婆生得美丽，而小老婆比不上她的话，则怜悯或祝福又该移到她们身上去了，难道不漂亮的女人薄命都活该，唯有红颜薄命，才值得一说再说，大书特书吗？

戏剧家看穿这层道理，因此悲剧的主角总拣美丽动人的女子来当，始能骗取观众的同情，赚得他们不少眼泪。譬如说，剧情是一个男人弃了太太，另找情人，太太自杀了，那个饰太太的演员便该比饰情人的演员漂亮得多。于是在她自杀之后，观众才会纷纷叹息说：“多可怜哪！红颜薄命。”若是饰太太的演员太难看了呢？则观众心理便要改变，轻嘴薄舌的人们也许会说：“这个黄脸婆若换了我，也是不要的，死了倒干净。”那时这出戏便不是悲剧，而是悲喜剧了，主角是那个情人，她的恋爱几经波折，终于除去障碍，与男主角有情人成为眷属了。

美的力量呀！无怪成千成万的女子不惜冒薄命之万险而唯求成红颜之美名，及至红颜老去，才又追悔不及了。男子也有美丑，但因其与祸福无大关系，故求美之心也就远不如女子之切。女子为了求美，不惜牺牲一切，到头来总像水中捞月，分明在握，却又从手中流出去了。时间犹如流水，外形美犹如水中月影，不要说任何女人不能把它抓住捏牢，就是真个掬水月在手，在手的也不过是一个空影呀！至于真正的月亮，那好比一个人的人格美，内心美，若能使之皎洁，便当射出永久的光辉。红颜女子不一定薄命，红颜而无知，才像水中捞月，随时有失足堕水，惨遭灭顶之虞呀。

好色与吃醋

好色性也，吃醋亦性也；第一个"性也"似乎多指男子而言，下面那个"性也"就与女人的关系来得密切了。于是，丈夫之应加管束之理由在此，老婆之愈觉可厌之原因亦在此，这两个"性也"似乎大有讨论的价值。

我曾见过许多婚后的男子在咒诅结婚，说是自己被太太管束得一些自由也没有了，今天换上一套西装，就硬派你是去赴密约，明天在电车上同一个陌生女人并坐了二三分钟，便瞎说你是有心揩油，弄得一天到晚得战战兢兢，唯恐稍有语及嫌疑之处。万一偶然不小心，在闲谈中间漏出一句关于女人的话来，那就得洗耳恭听噜苏，还要口中连声谢罪，最后就是陪她去看一场电影或买些东西。这样每天在精神上，事业上，经济上所受的损失真不知有多少哩。"结婚真是得不偿失呵！"已婚的男子都在恨恨咒诅着。

我也曾见过许多已嫁的女子在咒诅结婚，说是自己丈夫变了心，每天回家时不是指摘饭菜不合口，就是埋怨房中什物没有整理得好；就是在高兴的时候，也不过在地板上划划华尔兹，或是说些什么："某舞女的迷人本领真不错呀！""某明星最肉感。""喂，你看甲小姐与乙小姐究竟谁生得好些？"好像这样说说也是够兴奋的。及见妻子的脸色变了，他也就怫然起来："我对她们又没有什么野心，说着开心又有什么关系呢？"那时妻子也就不甘示弱："你对她们既没有野心，说着又有什么开心呢？——况且，你既不去舞场，怎么知道谁肉感谁会灌迷汤？"变了！变了！丈夫已不称赞自己而在称赞别个女人，不留意自己而在留意别个女人了。去找职业谋自立吧，天下哪有比少奶奶更闲适的职业？就是找到了还不是花瓶之类？"结婚葬送了女子的幸福哟！"已嫁的女子都在家庭中烦恼着。

世界上确有许多男子在为了妻子的善于吃醋而烦闷着；世界上也确有许多女人在为了丈夫的过于好色而苦恼着。这样看来，似乎那两个"性也"都是罪大恶极，万万要不得的东西了，然而在事实上也还有个差别：昔齐桓公好色，管仲云无害于霸；舜为圣君，也有二个美人做伴；其余的例子更是不胜枚举。因此可见男人要拣几个有"色"的女子来"好"一下，对于自己的地位身份仍可丝毫不受影响：君子还是君子，圣人还是圣人，英雄也仍旧不失为英雄；人们不但不会攻击他，甚至于还要引为美议。但女人的吃醋呢？却是万万不能与之相提并论了，妒为七出之一，固是圣人定下来的条文，就是实行时给你一个"法外施恩"，文人的笔墨真也是怪可怕的，如隋文帝的独孤后，如陈季常的太太，以及许多历史上的妒行故事，听起来总觉得怪刺耳的。现在虽说时代的巨轮，已不断在推进了，"妒乃妇人美德论"等高调居然也有人哼哼，可是在"社交公开"的招牌下，吃醋虽不至构成刑法第×条的"出"罪，听起来总也觉得不大漂亮。丈夫右手紧搂着舞女的纤腰是艺术，就是常常跑到×花×后处去也是正常交际："我们完全是友谊呀！"你有什么方法可以反对他？况且你不曾带得若干万陪嫁钱来，叫丈夫不交际，便是妨害他的事业；妨害了他的事业，你与孩子就非挨饿不可了。

于是，有许多太太们恼了起来，索性连醋也不高兴吃了，就以其人之道还治其人之身，你可以社交公开，我就不可以公开社交吗？这次可轮到你去担任吃醋工作了。可是这种愚笨的报复法只能使男子们冷笑。点缀着夜之街头的是神女还是神男？排列在舞池周围的是舞女还是舞男？

以色相，性感吸引观众的是女人还是男人？……一个七十多岁的老头儿尽可搂着十六七岁的姑娘跳舞，接吻，睡觉，而女人到了三四十岁已是人老珠黄，难于找对象了。好色吗？只得眼看着男人专利。

就是吃醋，也还得让男人来干：据说从前妇女与人通奸给丈夫捉住了尽可一刀送命，再不然休了出去总是没有话说。但男人却正与女人相反，做开眼乌龟不但不是美德，而是顶倒霉的事。唐中宗为韦后点筹，千古引为笑谈，由此可见男人吃醋是必需的。就是在现在 ladies first[①]时代，男人要吃醋也很便当，社会的舆论肯替他帮忙，而且他只要断绝了你的经济供给就可致你死命。故今日男子之所以不曾以善吃醋称者，也无非是因为妻子大都关在家里，能使他们吃醋的机会很少，因此就得了这个"不虞之誉"。

总之，目前的情形是女人很少机会好色，也不能让你尽量吃醋；而男子则要"色"就可"好"，欲"醋"就可"吃"。

记得唐朝有一位武则天皇后——也就是大周的金轮皇帝——既会因好色而广选面首，也会因吃醋而把面首视作禁脔，不许他与别的女子接近，这倒算是创千古未有的例

---

① 译为：女士优先。

了。可见好色与吃醋也要讲资格的。奉劝资格不足的女士们，还是尽管让你们的男子去好色妨害他们的事业吧！不要因吃醋而放弃了自己的责任，这样不久以后，好色与吃醋权利的享受者，怕要转移过来了，而社会上原有的道德标准，也将随之而变更。

女人与老

据说前清慈禧太后执政时，演戏必以美少年扮太后角色，且不戴白发，因为女人顶怕说她老，尤其是富贵中人。

又，据《隋唐演义》载，萧后欲请帝去听莺啭，袁宝儿说："莺声老矣……"劝帝不如去别处。于是萧后大怒，以为在说她了，袁宝儿终于遭贬。这也可见女人怕老心理之一斑。

然而，女人尽管怕老，老还是要临到头上来的。所以我说还是靠别的东西来赚钱出风头好，不然尽管你自己年年说廿九岁，但是说了五六次后，总也不能不承认已经跳过三十了吧。

四民各有本业，专靠卖美卖年轻是不行的。假如演戏的不好好讲究演技，游泳的不好好练习游泳，只一味想以美人什么来号召，总有一天会不堪回首。

尤其是写文章，女作家们若不肯老老实实写，只一味表示自己美呀，年青呀，喜欢风花雪月呀，即使人家果然承认你是美人了，又与作品的优劣何涉呢？

谈婚姻及其他

杂志社请张爱玲与我对谈妇女职业与婚姻等问题，其实我们已几次谈过了，那天因为有记者在座，在我反而有些拘束。在归来的途上，我细细回味刚才说过的话，觉得意犹未尽，故有重加论述之必要。

婚姻应该合理化。一切人都是补自然之不足的，婚姻也是人的关系，故必须合乎自然的要求才行。

性是人类自然要求之一种，也称本能。年青的男人与女人发生了性关系，觉得很快乐，便想永远继续下去，这是促成婚姻关系的第一个原因。其次则是自然的结果产生了子女，母亲爱子女也是本能，因为哺乳抱持照料而不免影响其他工作，故需要成立所谓婚姻关系而得能合法地过其分工合作生活，这是第二个原因。我想婚姻的用处大概如此。

然而不幸发生流弊。男人因为经济权握在手里，便妄自尊大起来，以为你们都靠我生活，一切都非由我作主不可。女人因为舍不得孩子，只好处处退让，久而久之也屈服惯了。

这天下终于成为男人的天下。

天然的不平等，真是无可奈何的，男人因为生理关系，故而分得这项便宜的工作，他们在得意之余，还想进一步求舒服，让机器来代替劳动，这样便发生贫富悬殊过甚问题。穷人养不活自己，别说老婆孩子了，从此他便失却在家庭中的权威地位。女人不能让自己及孩子活活地饿死，只好负起两重责任，兼到社会上来找事。资本家贪便宜雇用了她们。有思想的人们又觉得她们委实也该与男人受同等待遇，仅仅限于家庭工作太委屈了她们。接着欧战又起，男人们忙于打仗，把日常许多工作都让给女子干了，成绩似乎并不太坏。于是女人自己也骄傲起来，平等独立等呼声不绝。她们觉得自己真是与男人是一样的人，应该做一样的事。

这可首先为难了养孩子问题。

其实人要是能像禽兽多好，生产养育很容易，雌的雄的相当平等，过一样的生活。不过雌的在怀孕哺乳时期毕竟还多苦一些，鸟类则孵卵，雄的到底占便宜。只有昆虫因为生殖工作太便当了，可以说雌雄绝对平等——人类就不能如此。

养育孩子是够辛苦的，费时又太久，没有人帮忙，委实吃不消。在从前男人虽然专制些，但毕竟肯对家庭负责任，女人虽然受委屈，也还罢了。而且压抑久了也会产生一种被保护的快乐，此身有主是幸福的，刚者应该刚，柔者应该柔。在性关系中就可发觉这种现象，若男女一样的勇猛，那是很乏味的。连禽兽也都雄追逐雌，而很少见到雌的有到处自献样子。天下无时无处没有刚柔相济的例子，譬如说男女在一起便是男刚女柔，母亲同孩子在一起便是母刚儿柔，即男与男，女与女，孩子与孩子在一起时，其彼此间总也有刚柔之分的，此即所谓阴阳调和之道。所以我说自己顶怕干的职业是女王，便是以阴性而居至刚至上地位，从此将永远得不到这种天然的，也是传统的，被保护也可说被压抑的快乐了。

女人不是与男人一样的人，是女人。男女先有一种天然的不平等，即生产是。我们要做到真正的男女平等地步，必须减轻女人工作，以补偿其生产所受之痛苦。假如她更担任养育儿童工作，则其他一切工作更应减轻或全免，这才能以人为补自然之不足，也就是婚姻的本意。婚姻是给人保障，也规定双方义务；与其说有益于男人，不如说更有利于女人孩子。

所以女人说要男人做一样的事，那是很吃亏的，除非她先自免掉养孩子的责任，妇女运动是妇女要求合法的，也是合理的减轻工作，不是要求增加工作，或与男人一样的工作。但要专躲在家里也没有保障，经济制度不健全，法律不完备，人们有的是太多自由新思想。昨天我看《现代夫妻》影片，见有一对夫妻在唇枪舌剑的辩论着，各不相让，也不分胜负，而且起先还似乎是女的占上风；不料最后那丈夫便使出杀手锏来了，他狠狠地说："你要是不合意，就给我滚！"女的答不出只好痛哭，因为这个家是他的，是他出钱维持的家，你总不能叫他滚。

女人失去保障，便没有天长地久感觉，趁早得打定主意，于是说要经济独立。但赚钱不免要苦了孩子，故许多国家就提倡托儿所。中国罕有这种事业，于是职业妇女的基础只好建筑在女佣身上，没有可靠的女佣给她依赖，她便决计干不成职业，否则会把家庭弄得乱糟糟的。

我并不反对女子职业，因为那是必然的趋势，经济困难了，思想解放了，谁还能把她们关在家里？可惜在目前过渡时代，职业妇女都负着双重责任，忍受着双重痛苦，有许多优秀的分子且失嫁，因为她们自然的也是传统的观念中仍有一种被保护希求，因此较她穷的或地位低的男人都不肯嫁，而有地位有金钱的男人又不喜爱职业妇女，他们宁愿找个专心的，以此为职业的，不论她是卖淫抑或卖身给人家做太太的——自然，职业妇女也可以兼卖淫或兼做人家太太，不过第一时间有问题，两种工作冲突时不免分身乏术。二则精力究竟有限，两头做来总不免有顾此失彼之虑了。

所以我说有职业出嫁或职业卖淫的妇女存在，普通职业妇女在婚姻或爱情方面总必然是吃亏的。男子的事业成功与恋爱婚姻的成功成正比例，女子却成反比例。因此一般女子只好以职业为填空当生活：没有丈夫时且先从事职业，嫁了丈夫后便不干了，等丈夫不幸遗弃她时再重弹旧调，用此等精神来从事职业，有几项职业配她们去做？

照目前情形而论，女子方面婚姻与职业往往是冲突的。究竟应该就职业而弃婚姻呢，抑或为婚姻而牺牲职业呢，还是设法使两者并行而不悖呢？

我以为理想的世界，顶好是人人都能不劳而获，直到他的所需满足为止。人的所需各有不同，要吃一碗饭的给他一碗，要吃二碗的给他二碗，便是真平等，初不必定要只能吃一碗者非照样给他二碗不可。所惜者世上物资太少，不能使得人人满足，于是或由能力竞争，或用武力抢夺。既得之后，贪心益大，所需之外之物，亦必不肯分给不足之人，于是乎天下乱矣。比较公平的办法，还是各尽其力，各取所需，似乎在理论上说得过去些。但也有力甚微而所需甚多者，假如依了他，似乎使别人不服。但这种自由竞争，任其优胜劣败的主张，我总觉得残忍，否则患肺病的体力弱者又何必给他饮牛奶来？故职业假如必须有的话，宜就各人之所喜，尽各人之所能，而且工作愈轻愈好，报酬愈高愈妙。

女人假如需要工作，则她先有选择以养男育女为职业之权。假如还不够，则以不妨害她的养男育女为原则，工作轻便，报酬不减。养男育女的报酬应由国家付给，使其不必依赖于男人。假如此女人生了孩子而不愿养育，则由国家雇人代养，让她自由从事别的工作。假如她连生产也不愿，则应该同男人一样做其能力所及的任何工作。

这时候，婚姻只是一种可有可无的关系，随个人自由意志，而不必定有法律效用。男人对于孩子可以负责也可以不负责，我总怀疑过分的重视父子关系是不自然的。男人爱女人而推爱于其所生子女，虽也是人情，多数总是由习惯观念促成的。有人说，女人恋前夫，男人爱后妻，这也不过足以证明男人重视性而女人重视儿女罢了。

以上是理想，下面还得谈谈目前的事实。

一般知识阶级的职业妇女尽可不必因婚姻问题不得解决为痛苦，须知你们已能自立，有男人保护与否可不必介意。假如遇到合意的人，自然是结婚；否则又何妨把性和婚姻分开来讲。至于孩子问题，胆小的便避孕，有胆量的不妨坦然承认私生子，而加以抚养与教育。

对于婚姻不满意的妇女可仔细考虑，可以迁就自然是一动不如一静，不能忍耐便不妨放勇敢些，不要以为可惜我没有能力，能力常因需要而锻炼出来，天下无难事，只怕有心人。

不必为孩子作无谓的牺牲，上面我说应予女人以养孩子的特权，是为女人着想，孩子本身则是需要合理养法比需要母亲的爱为甚。爱若是没有分寸，往往亦适足以害之。不要以为换个丈夫便是丧失孩子体面，女人贞节是很容易的事，我们的祖母，母亲辈大都是守身如玉的，但是我们也并不因此而体面万分。也有许多古人是私生子或拖油瓶，后人似乎也不曾因此而瞧不起他们。我以为继父总较后母不刻毒些，因为孩子总是与女人直接有关的事，男人管不了这些。

假如婚姻制度在目前总不能毅然废止的话，则我希望它能更加自由些，一切让当事人自己约定，不常常同居也好。女人与男人同处，除性的关系外别的往往是难以融洽的。大家庭不妨以母系为主，母亲，女儿，外孙女儿同住一幢三层楼房子，决不会有半句勃谿之声。男孩小时不妨由母亲带着，长大了不论独居也好，跟太太住去也好。

一夫多妻或一妻多夫也并非绝对没有通融的余地，只要当事人吭啥，通奸等罪原是法有明文规定告诉乃论的。我顶讨厌宁波人家寡妇整天到晚探听人家阴私，说是张家大哥昨天打老婆不知为的是什么，也许他自己与对楼的翠姑有些意思了，我亲眼瞧见翠姑昨天在玻璃窗上贴小手帕时曾对他这么一笑来着，因此他匆匆回来就噜苏老婆早晨出去买小菜不该耽搁得这么久，难道是看上卖鱼贩在同他勾搭了……总之，这些都是私人的事，别人且少管闲事吧。

婚姻原是完成性关系之美满的，若一味只作限制及束缚用，以为它便是爱情的金箍圈，自然要发生种种流弊了。

论离婚

离婚的决心通常总是由女人先下的，男子厌弃了黄脸婆，仅可在外头寻花问柳，姘居纳妾，甚至再来重婚一个"夫人"，他们用不着逼太太离婚，尤其是太太已养了成群儿女，则留在家中就替他照顾儿女也是好的。

然而太太要离婚了。自由啦，独立啦，爱情啦……各式各样的新学说，新思想，把她脑子都搅糊涂了，她不及想到现实社会里，虽多的是崭新思想或学说，而大家做出来的行为却还同十八世纪、十九世纪差不多哩。她吃苦了！吃到了苦头还不敢老实说出来，于是直苦到死，死而后已。

近年来不知怎的，我有许多同学以及表姊妹、堂姊妹等都闹着离婚。她们都已生男育女，丈夫也不坏到怎样，家里又不穷，我真想不出她们所以要离婚的缘故。我的丈夫是律师，她们把这事委托他办，他替她们抄上千篇一律的理由，便是"意见不合，势难偕老"。但我以为她们结婚都不是眼前的事，意见不合何以早不提起，迟不提起，偏拣这时候来提起难以偕老的话呢？这个时候是什么时候？于是我开始研究她们的年龄。

廿七八岁是女人最容易下离婚决心的年龄。上了二十九岁，三十便在目前，她自己就是不照镜子，也会想到老之将至，胆怯而不敢尝试的了。至若在廿七八岁以前，则一个女人总是离婚也快乐的，不离婚也快乐的，离与不离往往取决于客观环境或偶然发生的事故，与她本人的真正意志无涉。

她们为什么要离婚？因为她们相信自己的力量，能够在离婚后谋取更好的生活。没有一个女人预知日后生活将陷于寂寞凄惨之境，而尚敢决意离婚的。即使真的难以偕老，她们也只会投河上吊，决不会抛儿别女，或携了儿女求下堂而去的。她们口口声声嚷着"不堪虐待呀！""恶意遗弃呀！"都是假借理由。要不是有个较美满生活的憧憬在脑里，虐待也得忍受，遗弃也得期望其回心转意。

有一个离了婚的女友对我说："他不喜欢我呀！我还年青，女为悦己者容，人家不喜欢我，又何必强求呢？"这是她对于美貌的自信。她以为："凭我这副面貌，你不识货，自有识货的人来娶，也许那人还高出于你，我又何必定要守住你呢？"她的美满生活的憧憬便是想换个天天赞美她是安琪儿的丈夫。

另一个女人解释自己所以要离婚的理由："你知道我是要专心美术的，他不了解我，时时妨害我的工作，再这样下去我的前途可完结了，因此……"她以为离婚之后便可以专心美术而博取远大前程，这是她对于美术天才的自信。

善良的表姊哭哭啼啼逢人诉冤："他可是顶没良心哪，前年生病我替他换尿屎，去年他失业了，我又把金镯兑掉给他，……如今，唉，他迷上那个妖精哩，难得回家，回来也不给你好嘴脸看……我这样赖在他家还有什么意思，不如离婚了独自当姑子去。"她虽没有旁的野心，但她相信当姑子总比赖在他家里快活一些，这也是她对于未来生活的美梦。

其他离婚的理由还多得很，如家庭经济拮据哩，对方脾气不好哩，公婆妯娌噜苏哩……都足以造成夫妻吵架的原因。吵架便使气，使气便离婚，离婚尤以头婚夫妇为多，二婚、三婚便不大有了。原因是头婚没有经验，常把对方为人来与自己理想的配偶相比较，觉得各方面都未免相差太远，失望之余，便打算换一个试试。及至换来以后，再将新旧配偶比较一下，想想真是天下老鸦一般黑，大家还是得过且过罢了。况且一个人要不是存心想做什么明星，离婚次数多了总也不大好听，故大家虽是意见不合，也还得勉强偕老下去。

其实呢，意见不合也真的决不会是什么难以偕老的原因，夫妻要好不要好可与意见绝无关系。一般人找对象常爱瞎扯一套，什么要意见相合哩，志趣相同哩，全是欺人欺己的废话。夫妻第一要讲相配，相配便可为偶，合呀！同呀！都是没有用的。什么叫做相配？那好比底之于盖，纽之于孔，配起来可以合成一件东西。两只底，两个纽，或两只盖，两个孔在一起，便只好做朋友，不能算是夫妻。古人阴阳代表夫妇之性别，以刚柔说明夫妇之性格，以内外分别夫妇之职责，颇懂得相配相合之道。今人则家从平等的"平"字上头着想，因此夫妻就像两条平行线似的永不会碰头；再加上一个同志的"同"字，同则相斥，更非做到离婚的地步不可了。谚云：柔能克刚。你的脾气躁，我不来理你，由你跳足直嚷一阵，过一会子便自好了。好了之后再慢慢数说，不怕你不向我低头认罪。家庭里头本来不是西风压倒了东风，便是东风压倒了西风，绝等平等是做不到的。而且，就做到了又有什么用处？我们在讲爱情的时候，不是常把对方看做高空明月，自己甘愿低首膜拜，决不敢想爬上去与她并悬而争辉的吗？

至于同呢？那是更加同不得的。同做律师，便要大家争夺生意，相妒；同为文人，便要互相评论好歹，相轻。况且世界上真有学问，真有本领的人也少得很，对方与你同志，同道，同学，同事，同得多了，西洋镜便容易给她拆穿。齐人妻妾在不知她们的丈夫在外头干什么的时候，见他吃得醉醺醺的回来心里一定也很敬重，奉烟奉茶特别殷勤，及至知道了他的酒食的来源以后，便要瞧不起他，詈他唾他了，这样说来夫妻可是好互相了解的吗？

不仅此也，性的诱惑力也要遮遮掩掩才得浓厚。美人睡在红绡帐里，只露玉臂半条，青丝一绺是动人的，若叫太太裸体站在五百支光的电灯下看半个钟头，一夜春梦便做不成了。总之夫妇相知愈深，爱情愈淡，这是千古不易之理。恋爱本是性欲加上幻想成功的东西，青年人青春正旺，富于幻想，故喜欢像煞有介事的谈情说爱，到了中年洞悉世故，便再也提不起那股傻劲来发痴发狂了。夫妇之间顶要紧的还是相瞒相骗，相异有殊，我不使你看到早晨眼屎，你不让我嗅着晚上脚臭，始有美感；我不懂你文章多好，你不知我刺绣多巧，便存敬意。闹离婚的夫妇一定是很知己或同脾气的，相知则不肯相下，相同则不能相容，这样便造成离婚的惨局。

还有过分认真也是造成离婚的原因，太太忘记在丈夫生日那天给他备好两碗长寿面，便认为是爱情冷淡的明证，这样责备起来闲话便多了。同一个关心家事的细腻的男人相处可不是件容易的事，尤其是一般自命为新女子的太太，往往自己胸怀大志，把家庭事务弄得乱七八糟，结果便非夫妻反目不可。其实男子都是贪的，今天替他把皮鞋擦亮了，明天他又嫌你未烫平领带，老做不足；而女人则都是懒的，今天你不责她未擦亮皮鞋，明天她便索性连领带也不给你烫了，养成习惯，百事不管，把家务责任一股脑儿都推在女佣身上，自己就吩咐一声也嫌太麻烦噜苏，有些人甚至还觉得事属细微，不屑为之。我知道有许多人家夫妇不睦都是由于男人细心，女子大意而起。我的父母便这样，我爸爸喜欢种花，每次回家来时总要带了许多美丽的盆花来，等他出门以后，我母亲再不替他灌溉，日子一多便都枯死，于是索性连根拔掉，泥土给我做泥娃娃，花盆则由弟弟搬来搬去当撒尿罐子，撞碎了结。我们看见爸爸第二趟回家时的怒容，他重新买了几盆心爱的花儿，在离家前夕因为不能携去，便对着它们流泪不止。但世上也有许多男人能马马虎虎，绝不计较妻子的错失的，像有一个朋友便这样说过："我对太太的态度是敬鬼神而远之。她的作为是神圣的，我不敢过问；我的行动若系罪过也暗中为之，在她跟前总是斋戒三日，沐手上香，肃静跪拜而不作一声，这样也就无灾无祸的年年过去了。"此公可谓能够省事，想太太也决不会想同他离婚的了。

离婚究竟是好是歹，要得还是要不得的呢？男人将会感到空虚，觉得仿佛失掉了一件东西似的，这东西就是累赘麻烦到十分，去了它总也不免有些恋恋，尤其是想到她也许将另找新主，心里更有些酸涩涩的不是味儿。于是他便跳舞打牌找刺激，刺激得够了，重新改过好好做人，另娶一个年青的姑娘来填房兼补脑中的缺陷，从此要不是在晚年前后妻所出子女有相仇相恨等事，便再也不至于旧创重痛了；女的则不是如此，她们在最初出去几天大抵总是气愤愤称宁死不悔，及至遇到了人觉得别人再不是像从前般追逐她，奉承她时，她便觉得自己老了。一个女人在丈夫身边不论过多少年数，养多少儿女，都不会想到老不老的，除夕过去，元旦到了，她总是兴高采烈的计算小明今年八岁了，小涵去年是四岁等事，决不会想到自己去年三十一岁，今年便上三十二岁了。可是一个离了婚的女人，她就怕见贺年片哩，她也怕看元旦的报纸广告，万一她丈夫竟择这天与另一个女人结婚了。

老实说，一个女人若只为自信美貌或能力而遽与丈夫离婚是不智的，一个美貌的弃妇与一个美貌的少女在恋爱市场中的估价乃完全不同，那就是说凭你的美貌也许有人来调戏你，但却少有人肯娶你，更不能娶了去始终看重你。至于能力，哼，一个女人凭美貌找职业还容易，凭能力来解决生活问题可都是气恼与辛酸了。十八九岁的娜拉跑出来也许会觉得社会上满是同情与帮助，廿八九岁的娜拉便有寂寞孤零之感，三四十岁老娜拉可非受尽人们的笑骂与作弄不可了，美貌与能力是能够予人幸福的，但这幸福可并不是靠离婚才能获得的呀！

社会对待离婚男女是不平等的：对男人也不予重视，管他丧妻也好，离婚也好，一经续娶便没事了；对女人则是万般责难，往往弄得她求死不甘，求生不能。因此一个离婚的女子神经总是有些失常，她永远不会再相信男人，她只知道恨他，气不过他。就在将来再嫁的时候，她也许会小心翼翼地体贴后夫的心意，但她决不能真心不顾一切地爱他，她要时时替自己或前夫所出的子女打算。惨痛的往事在女人心中永不会磨灭，她将永远自己警惕着，还要告诉她的女儿，叫她们都得小心提防。因此一个不幸的母亲抚养大来的女儿往往也是非常不幸的，她们母女感情特别浓厚，而对男人则预先存着疑惧的念头，不敢大胆地热烈地去爱上他或接受他给她的爱，没有性爱的生活是变态的！所以我以为离婚后的子女，为他们本身的幸福起见，还是归父亲抚养为宜。

离婚在女子方面总是件吃亏的事，愿天下女人在下这决心之前须要多考虑为妙。只有一种女人可以决意离婚，便是她根本另有所爱，绝不把丈夫放在心上。这爱的对象也许并不专限另一个男人，就如祖国啦，学问啦，事业啦，以及其他的人啦，事啦，物啦，统统属之。她心中既先有了爱人，不管她丈夫本身多好，待她多好，都不能使她移转心意，直到她丈夫给她气透，恨透，灰心透，再不要同她偕老下去，她这才考虑到别人的幸福问题，慨然予他以解放——离婚。离婚之后她只有抱歉，可是绝不会后悔，就后悔也是悔不该在当初答应他结婚的。除了这种女人之外，普通女子在下离婚决心的时候十分之九的心还是希冀他能因此害怕而改过的，她对他说："因为你这样这样待我不好，所以我只得同你离婚了。"那意思就是说："假如你不这样这样待我不好，我又何必要同你离婚呢？"那时候只要男人肯摸一下小明的脖子，或捧住小涵的白胖的手流几滴眼泪，做太太的便是怒气也消失了，怨气也散尽了，夫妻总是夫妻好，又何必叫律师来重抄一套"意见不合，难以偕老"的离婚老调呢？

自己的文章

两年来，生活可真是「到处潜酸辛」的，但我还是咬紧牙关过下去了，因为有它在作我安慰，供我发泄苦闷，它便是文章呀！

自己的文章——代序

　　闲下来，没有事做，心想还是找些东西看看吧。但是看什么呢？书架上空空的，书桌上空空的，书箱里也塞满破袜子了，这里没有书，我的书早已一股脑儿送到了旧书摊上。

　　幸而杂志还有：送来的，借来的，讨来的，不下七八种。其中有三四种，常常登载我的文章，因此我对它们便偏爱些，伸手取来先自翻阅一下。理论的文章我不爱看，记叙的文章怕平淡噜苏，考据我不大懂，小说又软绵绵的惹人头痛……翻来翻去，还是看看自己的文章吧。

　　自己的文章，其实不用看，连背都背得出来。因为我做文章，总是想的时候多而写的时候少，在电车里，在宴会上，在看没趣味的电影或话剧时，我总是默默思索着文章的材料的。有时候想好几段，回家之后便动笔写了；有时候则全篇已经想好，但总没有空，只得用心记着，俟暇方能够动笔。及至杂志出版，铅字印在白纸上的时候，我再看自己的文章，当然是读了上句知下句，读了上段知下段的了，蛇游而下，十分快速。假如偶然有一个字读起来觉得拗口，或者索性减少或增加几个字了，那定是手民误排，我也不愿提笔改正，横竖自己心里头明白。至于人家呢？我知道人家是再不会注意到我这几个字的，他们能记住题名与大意已经够使我感激不尽了，我还敢怀着其他的更大奢望吗？"文章千古事，得失寸心知"，文字知己固然是难得，而自己文章之不能吸引人，总也是一个大原因吧。

我的文章做得不好，我自己是知道的。这不好的原因，第一是生活经验太不丰富，第二是写作技术的低劣。关于第二点，我想或者还比较容易改正些，只要多看些古今中外的名家大作便行了；但是增加生活经验，这却大半要听老天爷安排，我总不能因写文章而去当个叫花子或流氓看，甚至不能因此而与他们做几天朋友，是不是？

于是我的文章材料便仅限于家庭学校方面的了，就是偶尔涉及职业圈子，也不外乎报馆，杂志社，电影戏剧界之类。至于人物，自然更非父母孩子丈夫同学等辈莫属，写来写去，老实便觉得腻烦。

我想写的人觉得腻，看的人自然更加觉得腻烦了吧，但是，事情也有出乎意料的，朋友中居然常有人对我这样说："你的文章很有趣，真的，很有趣呀。"

自然，我知道这句话决不是好话——也许他们说的时候是出于好意，但说出之后总而言之不是好话便是了，我的文章很有趣？是文字，结构，布局，命意等有趣呢，还是故事内容的男男女女等事情来得有趣？

我常写这类男男女女的事情，是的，因为我所熟悉的也只有这一部分。但是，我对于它们却并未如读者一般的感到兴趣，相反地，我是十分憎厌着的，这点恐怕决不是多数读者所愿意费些心思来体会体会的吧。我的理想中的男女等人应该是爽直，坦白，朴实，大方，快乐而且热情的，但是我所接触的，我所描写的人物，却又如此扭捏作态得可憎可厌。

我为什么要暴露黑暗呢？暴露黑暗也无非是渴望光明来临的一种手段罢了。但是人家却把我的所谓黑暗看做光明了，而且以为我的咒诅是赞美，因此我便变成一个歌颂光明的人，同时我的文章也就有了"有趣"的价值了。

——是我的描写技术太差吗？

——当然啰！

我常常想搁笔了吧，但是搁笔之后又做些什么呢？我也常常想不要再看这些空空洞洞的杂志了吧，但是不看杂志又看什么呢？

当自己的工作已不能使自己感到兴趣时，最好是改行不干。但是改行可没有你自由意志的，你写文章，人家便以为你只会写文章，别的事情不来找你了，就是你自己跑上去谋也谋不进。至于不干，当然是可以的，不过不干就没有钱来换米，你的肚子可不肯跟着写文章的手来一起罢工呀。

我很羡慕一般的能够为民族、国家、革命、文化或艺术而写作的人，近年来，我是常常为着生活而写作的。试想生长在这个时代里，竟不能用别的方法来赚钱，却靠卖文章糊口，其人之百无一用是可知的了。我鄙视自己，也鄙视自己所写的文章。

但是，鄙视尽管鄙视，文章总还是你的文章呀！这好比一个女人生下了孩子，他们的亲子关系便算确定，无论如何请律师登报驱逐劣子都没有用，反而更给人家多知道你生过儿子这回事而已；可说是欲盖弥彰，洗也洗不清的。写文章也是如此：譬如你用了"苏青"两字做笔名，不唯不能使所写文章与你本人无涉，而且你的本人倒时有牵过去归附文章的可能，许多人见面时都称呼你苏小姐了，这会使你应又不是不应又不是，但不论应与不应，文章总是你的文章呀！

这样，我可真要咒诅自己的文章起来了，爱之不能，弃之不得。已成的还不必说了，而且以后正要写下去，写的全是爱之不能，弃之不得的东西呀！

有人说："太太是人家的好，文章是自己的好。"这话对某一部分人说当然是有理由的。而且我也知道有一个诗人欢喜夹着一只大皮包到处走，里面全是他的诗稿，因为他怕放在家中不放心，宁可在路上夹着累赘一些。他的这种心情，我可羡慕到了万分，因为他的手里虽然累赘，心里却是轻快的呀。然而谈到我自己呢？我是在走路时除了钱与居住证防疫证三者而外，其余什么东西也不愿带，别说那些累赘讨厌的文稿了。就是偶尔想起它们的时候，心里也能暗暗背诵。但是背诵过后却又觉得沉重得很，像给什么东西压着，怪累赘的。

我知道世界上有许多女人在不得已的生着孩子，也有许多文人在不得已的写着文章，至于我自己，更是兼这两个不得已而有之的人。现在虽说已经到了任择其一的时候——我当然选择写文章啰——但是心里还难过得很：因为那不是为了自己写文章有趣，而是为了生活，在替人家写有趣的文章呀。

做编辑的滋味

做编辑也已经有六个月了，资格当然还浅，但个中滋味却自己认为很可以谈谈，牢骚恐怕有些。

我想做编辑，可不是一朝一夕的事。远在八九年前，我就热心投稿，但各刊物的编者却并不一定热心采用。于是我便发了愤，立志将来也要做一个编辑，这目的现在总算给我达到了。目的达到以后，起初自然是志得意满，但转瞬间，新的不快却又来了，原来朋友们常指摘我，说是某期某篇文章不应该放进去，某期校对太马虎了，某处补白太差，甚至同一条补白在前后页竟会用了两次，接着又说某人做编辑比我好，某杂志编得较《天地》高明多了，诸如此类，听得人心恼。

老实说，当我开始办杂志的时候，我是存心要做一个了不起的大编辑的。我知道杂志要办得好第一先要有好文章，好文章该得何处去找？于是我开始请教朋友。朋友说：某某人文章写得不错，某某人现在是大作家，某某人也还可以，某某人不妨叫他试试……他说我写，不久也就凑足三五十之数了。我又问：这些人究竟在什么地方呢？朋友思索了一会，答道：其中有几个人我知道地名；有几个人你可以去请教另外某某人，某某人；有几个人则可以写信请某某报馆，某某杂志社转交，有几个人则一时没有办法知道，于是原拟的名单照码又打个九折。

我准备发征稿信，但不知该亲笔写好呢，还是用油印信？有人说亲笔写表示郑重；但又有人说印刷的文件似乎更正式一些。后来因为油印机借不到，此乃事实问题。当然，我便不得不采取第一法了。

信发出后，我生恐它们会如石沉大海多，却不料喜出于我望外，回信倒是有的居多。这也许是我当时已经在各杂志报章上胡乱写写文章的缘故，人家对我多少总有些印象；若是换了个陌生的编辑，恐怕这许多人也未必都肯有求必应吧？还有几位作者，他们自己也在做编辑，而我又常在他们所编的刊物上写稿，因此礼尚往来，不得不替我帮忙。

于是稿子是有了，而且一时还用不完，这时便发生取舍问题。照我的意见，便主张独断独行，我说好便好，我说不行便不行。但是朋友告诉我，这是不可以的。因为读者的口味也许与你不一样，你喜欢的未必就是他们所喜欢的，那么你的杂志还是编给大众看呢，还是自己看呢？我办杂志当然是给大众看的，而且还要他们心甘情愿地出钱来买，于是我决定迁就读者。

　　但是读者究竟喜欢些什么呢？

　　有人说：读者喜欢的是古色古香的文章。于是我赶紧从来稿中选择最古最深的东西出来，至于好不好，我不知道，因为我根本不研究那类。

　　又有人说：读者喜欢看与社会人生有关的文章。这意思颇与我相合，于是我希望多找些，但其中似乎不多，而且也不好。

　　又有人说：读者喜欢看小说；长篇小说尤其能适合他们的胃口。我也很想有篇把连载的小说来替我抓住读者大众，但是没有人写，因为人家都不相信我这刊物的寿命能支持到多久。至于短篇小说呢，也因为限于篇幅，愈短愈好，结果是予且先生替我写了篇《不能忘记》。

　　真的，我不能忘记最初替我帮忙的这几位作者，他们不知道我杂志编得怎样，会不会有累他们的盛誉，然而他们终于替我写了，替我奠定了基础，帮我表显了一些成绩，使后来的作家都愿意物以类聚，源源投稿，我真不知道该如何感谢他们才好！在感谢之余，我对他们的文章的取舍问题便更加委决不下了：明明这篇文章是我所不喜欢的，读者看来恐怕也未见得欢迎，然而又叫我怎样去推却人家的好意呢？而且从利害方面说，也许在我退稿后他便从此一怒而不再替我写稿了，我岂不又将失却一位作者吗？

做编辑的人，集稿选稿是第一个困难，第二个困难便是编排技巧了。我不知道编排上的各种原理原则，只听见人家说过同类性质的文章似乎该放在一起，而排名愈前的作者似乎愈应该是地位高的。

告诉我这两个道理的朋友是一位老资格编辑，他所说的话情该都不会有错处。但是照文章性质区分似乎还容易，譬如散文与小说总有个界限，诗是三字一行，四字一行的，更加看得出来，有的人夹叙夹议夹哼哼虽有些三位一体嫌疑，但大致总不会错，唯有排名前后可发生问题了。朋友对我说地位愈高的作者其文章愈应放在前面，但最前面只有一篇，其次也只有一篇，再其次也只有一篇可排，不能说人人都让他算一甲一名呀！而作者的地位该如何甄别？譬如说官爵吧，有公侯伯子男或选任特任简任荐任委任可以区别。譬如说年龄吧，有七十八岁，五十六岁，二十一岁，十五岁等等相差，即使是同庚也可查月份，即使是同月亦可查生日或时辰，总不至碰得如此凑巧，两不上下的。然而作者地位的高低真是难说，若依其作品多寡而论，则人人知道欠公允；至于其作品优劣呢，我也不敢以最高评判员自居。况且大作家也不见得篇篇都好，而某无名小卒也许此篇正是其惊人之作，两两相较，我是应该以文论文呢，还是论人论名呢？我委决不下，结果还是决定以文章性质分前后；而在同性质诸篇中，排列次序也别无他法，只有一个原则，即将我自己文章放在最后耳。

排好之后，编辑的工作就告个段落，校对可也是够麻烦的。平日我看文章总马马虎虎，一目半行，校对起来却非逐字逐句逐标点读下去不可。而且尽管你如此，还是要闹笑话，有一篇文章中把"废帝"误为"庆帝"了，原作者颇不高兴，我自己也很觉抱歉。因此我想到排字房工人真是伟大，他们的饭碗犹如铁饭碗，别人没法敲碎他的，因为我看校样尚如此之难，他们却要找铅字——冷冰冰的，黑沉沉的，细小而缭乱人眼光的铅字！所以我想要是有人闯进排字房去把他们这些铅字乱倒在地上一搅，恐怕在三五个月内任何由他们承印的刊物都要脱期了。

说到刊物脱期，我也曾受过许多读者责难，道是为何如此不负责。殊不知道这可不是我的不负责，而是没法负责。第一便得怪印刷所不肯帮忙，你急巴巴催，他尽是慢吞吞敷衍，死人也不怪。现在更有电力限制，他们的电用完了，非得抄过火表不能开工，你就骂死他也没用。而且哪家刊物又不想早印？便是定期三月一日出版，也想在二月二十八以前有书应市，他们赶印了你的，难道就好不理别人？第二脱期原因是约定稿子作家不按时交来，催他他说写不出，你又不好代替执笔？假如这篇文章是很重要的，有时间性的，非等他交来了登出不可的，那你当编辑的就非让刊物脱期不可。其余原因还多着呢，譬如说，《天地》在第四期上，因为工友们在阴历新年休息了几天，便赶排不出来了，只好脱期二天。第五期则因配给纸发不下来，等了三四天仍无消息，只得说明先自买天章报纸应用，待配给纸到了，再补给，于是又脱期了。到了第六期，上海各杂志便发生了一个共同的发行问题，需要同中央书报发行所折冲交涉，于是我们等待着最后决定，本该是三月十日出版的，排齐了不印，直等到二十二日才正式发售。现在我索性变更出版日期，希望以后能准期，不知可能不生枝节否？因为我本来也不是存心预备要不准期的。

做编辑若仅仅是做一个编辑，事情大概就此完了，也可告一段落，但是我还做发行人哩，整个的天地出版社，其实只有我一个人，据说 *Readers Digest*①就有几十个编辑，编好了以后在好几个地方同日出版，原文用电报由甲地拍至乙地，故无迟误耽搁之弊。我很羡慕他们的阔绰，但我自己做不到，也不想做。我是向来不大有合作精神的，宁愿独做一件小事，不愿与人搅在一起，共同担当重要的责任或伟大的工作。我常觉得许多人合编一个杂志，要是各人的意见不一致，不调和，不统一呢？于是需要一个总编辑，先由总编辑决定一个意思，然后各部门编辑根据总编辑的意思分别做去，若各部门编辑与总编辑的意思完全相合，自然是极好的了，但若是不然的话，叫我做这个部门编辑，便不大能够发挥自己的才能，而且也不大愿意努力干。老实说，这不是我一定不肯伏低做小，就是叫我做总编辑，我也不大放心将自己意思托付给与自己意思未必尽同的下手去干的。因此我明白自己只能干些小事，编一本杂志整个就是人家的一部分，我是部门编辑，也是总编辑。

但是编辑与发行还是需要联络的，合作的。依编者立场讲来，最好成本提得高，把杂志弄得尽善尽美，而定价则必须抑低，以求普及。但在发行人方面，则最好成本不

---

① 译为：《读者文摘》。

大，内容却好，而获利方面更为要紧。我做编辑，有人肯给我相当的报酬，而工本方面又随我所欲，决不与我噜苏的话，我是情愿受雇用的，落得清净一些，可以专心一志的只干编辑工作。但是我在办《天地》以前对于编辑可说是毫无经验，没有人用我，只好自己来做了。我办杂志自然是为了赚钱，至少也想靠此维持生活，文化云云，也不过为了自己性之所近，想尝尝编辑滋味，为国为民的意思则不敢妄吹牛。初办的时候因为听人说读者是我的衣食父母，因此到处打听读者的口味，现在想想索性不必为大众而服务了，我写文章就照我所喜欢的写，我选文章就照我所喜欢的选，我编的刊物就是我所喜欢的，若是读者也喜欢，就不妨购买，不然，关门大吉，另做别的生意。我不会编自己不喜欢，而却为大众所需要的刊物，因为第一我不知道他们的心意，第二就是知道也不能且不愿照办。一个人若情愿做违心之事，则可做的事也多得很，又何必一定要办刊物呢？

说起办刊物，苦难也真不少。当我初办《天地》的时候，人家一半是热心，一半为好奇，帮忙的倒也不少。其中偶也有一两个为利害冲突，心里很不情愿的，面子上总还敷衍敷衍，对我进些"忠告"，无非是希望我格调不太高就是了。其实我是想高也高不起来，因为我根本不懂得高深的学问云云，也懒得求，更不愿硬攀，人总是人，只要说入情入理的话儿便是好议论文章了，神乎仙乎还拉到鬼的头上去又何必呢？我的杂志办不好，我自己知道；但是人家说得我比实际成绩更不好，心里总不免难过，虽然口头上我也会淡淡的苦笑一声："毁誉由他去吧！"

《天地》第一期原印三千，十月八日开始发售，两天之内便卖完了。当十月十日早晨报上广告登出来时，书是早已一本没有，于是赶紧添印两千，也卖完的。于是有人便说这是因为曲低和众之故，万不足道；而且因为我是女人，占了便宜。到了第二期的时候，人家便运动各作家不要替我写文章了，一种方法是拉拢，他们给了那位作家某种好处，条件就是只要他莫替《天地》写稿。另一种方法则是凭空宣传，说是我得罪了某人某人，还有某人某人都对我印象不佳等等，现在假如有人替我写稿了，这样某人某人之类便都要不高兴的。据说第二种方法颇生效力，有些作家虽觉得他们的话也未必尽可信，但毕竟又是何苦来呢？替我写稿，拿这区区几百元稿费又养不活家，何必多麻烦，因此结果很有几人写了半篇就搁笔不继续了，我当时觉得很奇怪。至于第一个方法给了人家些好处，条件就是莫替我写文章，后来我知道了就对那人说道："这个条件我倒是劝你赶快接受了吧，因为写文章拿钱不稀奇，不写文章而拿钱，才是趁现成呢。"于是大家笑笑，有几个人的确不替我写了，有几个人觉得还是写写好。这些继续替我写的人，后来又给他们加上一个罪名，说是他们欢喜替女人效劳；又说是受了我的钱。

我能够出钱买这许多人，钱该是赚得很多的了，但又不然。从第三、四期起，人家又说我销路一些没有，亏本亏得不知多少了。最近且有人在公开的场所说我，连赠人的书也是自己在报摊上倒买回去的。这样说来，似乎《天地》就是我自己办给自己一个人看的了，因此我想今天就不妨在自己的刊物上发些牢骚给自己听听，想也没有什么妨害吧？

我觉得目前上海文化界的人实在眼孔太浅，识见太小。我说《天地》月销若干千，就是全报虚账，也不过若干千而已，又何犯着大惊小怪讲我坏话？再说 *Readers Digest* 吧，他们就能销到几百万。这当然要怪中国民众的教育程度太低，不爱看杂志，偏喜推牌九，听的笃班。不过杂志却也编得不像样，不如小报尚有引人入胜之处。一个做编辑的人假如决不肯承认这事实，则是他的幸福处，若明知编得不好而却又没法使其好起来，那是很痛苦的。

我常常有一个想头，便是觉得我们现在办杂志，其实大可以不必拉人写文章，只要把旧杂志文章翻出来抄一些，也尽够了。现在没有真正的作家，便是有，也不能写文章。这个所谓大时代是正在制造文章的材料，但这些材料我们目前暂时不能动用，到了二三十年后，天下承平，也许就有伟大的作家产生了。

没有好的作品，做编辑的又将怎样呢？编辑常是代人受过：文章写得好，是作家的荣誉；选登了不佳的文章，编辑就要挨人骂。试问我们的刊物每册共有四十八页，六七万字，少印一页行不行呢？减登几万或几千字又可以不可以呢？若是不，对于文章就不能过于挑精择肥了，只要四平八稳就好。否则严格的说来，也许只好发一本白纸簿，这于读者买了去倒不会怎样吃亏，只是我们出版社就顾名思义得关门了。

"知其不可为而为之"，这是我的聊以自解语；但在骨子里，还是因为编刊物总可以混饭吃哪！

《浣锦集》与《结婚十年》

到目前为止我只出过两本书——《浣锦集》与《结婚十年》。前者算是散文集，后者我把它称为自传体的小说。这两本书的销数差不多，但说起来仿佛又是《结婚十年》来得普遍一些，因为骂的人多，注意的人似乎也多了一些。

于是有人称我为"大胆女作家"，这在我并不以为耻，却只觉得在事实上未免愧不敢当。《浣锦集》里所表现的思想是中庸的，反对太新也反对太旧，只主张维持现状而加以改良便是了。可是现在我已经不作这么想，我开始彷徨，想不出将来合理的世界应该是怎样。至于《结婚十年》呢？所叙述的事根本是合乎周公之礼的，恋爱、结婚、养孩子都是一条直线的正常的人生道路，既没有变态行为，更不敢描写秽亵。骂《结婚十年》的人大概是读了觉得尚不够胃口，因此索性装出一副怪正经的面孔来指斥，仿佛自己真是连这些坦白都不能够忍受似的，其实假如他看了真正诲淫的《屋顶摸蟹记》《夜探咸肉庄》之类的小册子，恐怕便闷声不响自个儿咀嚼着滋味便算了，哪里还敢说出曾看过这样下流的书？又哪里还肯把这些秽语朗朗骂出嘴来？

不过我自己实在也并不怎样喜欢《结婚十年》，那意思倒并不是因为听得人家骂了才如此，天晓得，我是从来不把这些不相干的言语放在心上的。我只觉得这本书缺乏"新"或"深"的理想，更未能渲染出自己如火般热情来，不够恨，也不够爱。家庭生活是琐碎的，这本书也显得有些琐碎起来了；假如勉强要替它找寻出一些价值的话，那只有说平实的记录也可以反映出这个时代吧。

《两颗樱桃》似乎是比较有些文艺意味的，《养了一个女儿》《寂寞的一月》《归宁》《骨肉重叙》这几章则自以为颇能刻画出一部分妇女心理。小学教员生活在此地描写虽似属多余，不过故事是连贯的，我也想学学普罗文学的作风。至于《小家庭的咒诅》，我因为已写过《王妈走了之后》这类文章，觉得题材未免重复，因此写起来就不能有劲了。《产房惊变》《逃难记》与《避居乡下》这几章本来还可以写得精彩，只是在目前殊多顾忌，因此也不能畅所欲言。这下半本书都是改写过的，我不很喜欢它，仿佛这里有一部分不是我自己在说话。其他还有《我的丈夫》与《丈夫的职业》两章，恐怕都市中这类男人正不少吧，只恨我描写能力薄弱，不能使之成典型罢了。

最后还得老着脸皮替自己说几句好话，我觉得这里有些写景兼抒情的句子还不噜苏，譬如说在末章所写的关于将病前刹那吧："……我一路上迷迷糊糊的想着。渐渐地，脚下似乎感到轻松起来，前面的马路则像往上浮，愈浮愈高了，天空显得冷清清地，树叶子满空掉下来撩得人眼花，我的心只跟着秋的晚风晃动。"（第226页），又如："……这几句话，雷轰电掣般直刺进我心房，我默默地听着她的话退出去，陡然觉得对外面的世界起了无限依恋。一片法国梧桐叶子掉下来，我轻轻把它拾起了端详着，造物为什么有生必要死呀，我不忍遽弃掉它，因为我相信它或许还有些气息在留恋片刻的残生。"（第226页）这种将病及既病后心境，我确实是有过的，就是今天重读一遍，也还能撩起我的轻微的哀愁。

至于认真替女人抱委屈的，则有："没有一个男人能静心细赏自己太太的明媚娇艳，他总以为往后的时间长得很，尽可以慢慢儿来，殊不知歇过三五年便生男育女了，等他用有欲无爱的眼光再瞥视她时，她已变成平凡而噜苏的，抱在怀中像一团死肉般的妇人。这时候他会厌恶她，恨她，觉得她累赘，仿佛不虐待她一下不足以泄自己被屈抑的愤怒似的；她假如含泪忍受住了，也许就能够挨到白头偕老，像一对老伙伴似的直到最后的撒手为止。但是她不能够，她的回忆太鲜明了，她只记得开始恋爱时的刹那，那是一个梦，她把梦来当作现实，结果觉得被欺骗了——其实欺骗她的还是自己，而不是他，男人家事情忙，谁还有这么好记性的牢记着八年或十年前的梦呓，永远迷恋在梦中，一世也不睁开眼来瞧下这个纸醉金迷的世界？……"（第206页）于是："……女人的梦也应该醒了，反正迟早些总得醒的。花的娇艳是片刻的，蝶的贪恋也不过片刻，春天来了匆匆间还要归去，转瞬便是烈日当空，焦灼得你够受，于是你便要度过落寞的秋，心灰意冷地，直等到严冬来给你结束生命。世间上没有永远的春天，也没有久长的梦……"（第206页）又如描述妇女跟丈夫上舞场的情况："……这里多的是一条条蛇似的女人，紧紧缠住你丈夫，恨不得一口把他连钱包都吞下了，撇得你冷清清地在一旁，牙齿痒痒的发恨，却又不得不装大方。这里的音乐也许是迷人的，但也带些酸楚与凄凉，仿佛有着幽情没诉说处，丈夫在倾听别人的，或是抱着你舞时也眼看着别处，搂着别人时倒像贴心贴意，他以为你也可以拣个把好看的舞女跳，但是天晓得，女人同女人搂着跳着究竟有什么意思呀？"（第141页）——女人活着真是很少意思的，我写这几段时，禁不住眼泪纷纷掉下来了。

再说下去恐怕越发不成体统，自己捧自己！"那些文章究竟有什么好处呀？"也许有人会冷笑着说。我也知道有许多大人看《结婚十年》都是因为在枕头上撒尿或因洞房花烛夜必须拖新娘一把等等而感到兴趣的，至于叹息之类，未免就扫兴得很。不介绍也罢。

《浣锦集》里的文章显得有些杂，有几篇其实是不需要收进去的，但是偶然有一二句惬意，我便也舍不得割舍它了。其中有几篇是自己比较喜欢的，如《谈女人》《我国的女子教育》《论女子交友》《恋爱结婚养孩子的职业化》《第十一等人》《道德论》等，似乎还有一贯的思想。至于第二辑中所收集的几篇，《科学育儿经验谈》《王妈走了以后》与《小天使》等也可以说是反映现时代中的一般社会情形，至于写得是否恰好呢，那便不敢自吹自擂了。《豆酥糖》与《外婆的旱烟管》又是较古的一种生活，这些都是我所亲身经历的，至少我在执笔书写的时候态度总是忠实的。《过年》《饭》《海上的月亮》《自己的房间》，以及《我的手》等则都是描述我自己某一时期的境遇与心情，现在我似乎已经脱离这种物质的苦境了，但是精神方面仍没有大好，反而觉得更空虚，凄楚，有时还带些厌倦。

我爱《浣锦集》，因为这里的东西篇篇都是我的，没有掩饰，没有夸张，积八年来的心血，断断续续地，一篇篇凑成的。在这里，我回味了过去的生活，有些心酸，但却不能使我号啕大哭。一个人的心境固不必强与人相同，不过假如有人能了解我，同情我，那当然是会发生一缕喜悦的，我将因此落泪……

爱读《结婚十年》的人我是只把他们当作读者看的，而对喜欢《浣锦集》者，却有不胜知己之感，然而得一知己毕竟难呀！

《涛》后记

又是一本书要出版了，自己心中却感到说不尽的空虚。这是什么时代，什么地方，还要来干此类不相干的工作呢？我总怀疑文章的功用只不过两种：一种是向人家宣传的，一种是给人家消遣的——也许作者的本意并非如此，他乃发泄自己，然而结果还是一样，宣传与消遣而已。

假如我的文章也能起宣传作用，则我所宣传的就是我一己思想，首篇如《救救孩子!》即苦口婆心之作，初未受过山额夫人①之类半文津贴也。假如我的文章也有消遣可能，则我希望以之为消遣者决非无聊等辈；我宁愿自己的

---

① 即玛格丽特·桑格（1879—1966），美国节育运动先驱。

215

作品见寒于俗众，不愿意它们见笑于识者。

然而我感到空虚。这是一个可悯的时代，生活程度飞跃如此之速，而人们思想却几乎停滞了，往下坠。将此时此地的人物与《涛》里所描述的对照起来，简直是背道而驰的。那时是妓女竟效女学生装束，现在则女学生模仿妓女打扮唯恐不及了。

我将说些什么话呢？要说的，也许是不可以说的。如本书中《救命钱》《文化之末日》诸篇，就被检删了不少，于是有些文章只好趁早抽掉了，自费排工是可惜的，要一千八百元千字呢。

这本书付排日期远在去年十月间，然而一改再改，后来印刷所电没有了，柴油引擎也迟迟才得装妥。这样一天一天拖延下去，我想索性再校遍吧，于是又耽搁了好些时候。

现在终于春天到来了，我请王柳影先生画封面，要"显得热闹些"的，他便替我画了这张，我说：这个女人为什么要作如此装束呢？像张月份牌。他说：这是十余年前的时装，正与你的故事的时代相吻合的，我说……如此也罢了。

看看自己的文章，不禁起怜惜之意，以为本来还可以写得好一些的，然而心绪乱，天天为生活而奔波，哪有闲工夫细细推敲？我总希望有一天社会情形稳定了，一切可以称心盘算，那时我将选购若干令洁白坚挺的纸张，重排自己的书，封面套色可以不惜工本，该又是多么快乐呢？然而在目前！——这个时代！

这本书又是马马虎虎的出版了，我心中自有说不尽的空虚。

《饮食男女》后记

　　《饮食男女》又出版了，有人说：在这种兵荒马乱的时代，还要写什么文章呢？——意见恰巧与我相反。

　　我的意思是：因为活在乱世，朝不保夕的，所以得留下些纪念来。以前我是不大有这种狂妄的想头，散文小说集出了一本又一本，仿佛心中真有说不尽话儿似的。我知道自己所写的还不够精湛，然而已经等不及了，也许有这么一天碰到这么一个意外——完了，什么都完了，我如何还能够等得及伟大作品的出现呢？就是这样先印几本出来看看吧。

　　全书排好了，我请王柳影先生画封面，说要借用亚当夏娃的故事，因为那是饮食男女之始。我恳求他说："但是你须赶快——赶快画起来呀！"真的时间是太匆促了，我的生命财产可以全毁灭，我的书总不能不让它与读者见一面呀！接着我又苦笑起来对他说："这次我请你画的是世界之创始，以后也许就是末日到了。我不知道这次战争会继续到多久，而且战事即使结束了，我们自己又是否还存在呢？"他果然很快的替我画好了，而且很使我满意。

还谢谢十堂先生替我题签，他老人家永远是这么热心帮助后辈的。

是这么薄薄的一本呀，价钱又卖得贵，我真觉得对不起读者。然而成本可是了不得呢，若纯粹以图利而论，真不如把白报纸囤起来的好，也犯不着天天冒着空袭危险上印刷所，然而……然而那毕竟是我的心血哪。

两年来，生活可真是"到处潜酸辛"的，但我还是咬紧牙关过下去了，因为有它在作我安慰，供我发泄苦闷，它便是文章呀！在白云悠悠的夏之傍晚，我辛苦地校稿样；更深人静之后，我还在防空灯罩下握笔凝思，究竟为的是什么呢？这里已变成疯狂的世界，人心焦灼，烦躁，终日戚戚，或莫名其妙的兴奋着，像在大山上跳舞，又像在冰层上筑琼楼玉宇，明明知道这可是转瞬间便要倒坍的，然而还得争取这一刹那——一刹那的安慰与排遣哪！否则这几分钟活着的工夫又将干什么呢？

于是我选择这项写作与出版事业来排遣我目前的光阴，觉得很坦然，因为我从未加害任何人，也千方百计想使人家别加害于我，只要度过这时期，我要活，得痛快地活下去呀！

这本书总算又印出来了，我觉得很高兴，虽然也只是一刹那的。

《结婚十年》后记

首先得声明的，本文不是自传，只是自传体的小说。

其中有许多人物是虚构，有许多故事都凭空臆造，但是还有许多自认为是好材料的却不能收进去，原因是这故事描写着现代，说话得避些忌讳。从十一章以下，曾统统改写过，这是件吃力而又不讨好的工作，但毕竟还是做了。

书中的女主角，在结婚十年中几乎不曾合理的生活，到头来还是离婚。我相信她以后仍旧不会好的。生在这个世界中，女人真是悲惨，嫁人也不好，嫁了人再离婚出走更不好，但是不走又不行，这是环境逼着她如此。

我知道一般女人所认为必须离婚的环境，第一是丈夫动手殴打，第二是故意作难而且不给她生活费用。假如只有前者，女人还该看孩子及吃饭分上勉强忍耐，久而久之成习惯了，也就不大以为苦。假如丈夫只不供给钱，待她的情分还不错，则女人也可以努力谋生的；有着孩子更热心，又何至于遽离呢？至于丈夫的爱情不专一问题，我却以为爱情本难专一，专一而永久其办不到，傲太太者起初得知了虽不免哭哭吵吵，但只要丈夫能边哄边多给钱，也就算了。喜新厌旧虽人之常情，有了新人之后便虐待旧人撵之唯恐不及，却未免有伤忠厚了。待爱人或太太也该如同旁人一般，不必捧之上天也不必踢之入十八层地狱，要发脾气时不妨再替别人想想，这样也就差不多了。

至于女人方面呢？我知道男人是不怕太太庸俗，不怕太太无聊，不怕太太会花钱，甚至太太丑陋些也可以忍耐，就怕太太能干而且较他为强。照社会上一般的观念，女人在男人跟前似乎应该是个弱者，至少也当装得弱一些。甚而至于十足健康的女人对于男子也像一种侮辱，没有一个男子肯当众承认他身体够不上他的太太的，因此肺病美人林黛玉倒不妨惹人爱怜，而丰容盛鬐的宝钗反而使人缺乏想象。女人不妨聪明，但却不可能干；能干在家事上犹自可恕，若在社会事业上也要显其才能，便要使男子摇头叹息。还有女人也不能有学识，因为一般男子也是无甚学识的，他们怕太太发出来的议论远较自己高明得多——自然真正有学问有见识能治事的男人是不怕太太有本领的，不过这类男人也似乎不多，因此能够浅薄便好。

武则天是能干的，她嫁给唐太宗，本可说是配得恰好了，可惜太宗已老，不能长久与她共处。以后到了高宗手里，这样的一个不中用男人，她如何肯服帖？庐陵王更是她掌中之物不必说了。于是她做了女皇帝，在事业上的成功已登峰造极了，但是爱情上却更没有办法。她只能淫乱，如张昌宗之流都是给她嫖的。当然，她嫖得不痛快！潘金莲也是能干的女人，她在做武大老婆时何等泼辣，但嫁给西门庆便服帖了，骂骂打打也不要紧，反而使自己感到有一种女性的屈辱在让她满足。王熙凤有本领是人人知道的，但是贾琏及不上她，因此任凭她面容俊俏也宁愿喜爱平儿，任凭她体态风骚也宁愿调戏多姑娘了，这不为别的，就是因为王熙凤胜于贾琏，而平儿与多姑娘不如之故，男人不想自己努力向上，就是顶怕女人要向上。

其他还有使得夫妻容易离婚的原因便是分床，从前的人睡的是大凉床，从结婚之日起一直同睡到老死，因此上半夜吵嘴下半夜便要好了；如今夫妻则崇尚洋派，动不动分床甚至于分室睡，吵过嘴以后谁也不肯去迁就谁，尤是女的要搭架子，于是男人便想：要同女人在一起机会多得很，谁又高兴稀罕你黄脸婆来？女的也觉得自己丈夫太不看重她了，好在年青美貌到外面去不怕没有人赏识，渐渐的，大家都怀恨记了心。

本书中男女主角其实都不是什么大坏人，而且其实也没有什么必须分离的理由，然而因为现代的社会环境太容易使得青年男女离婚了，于是他们便离了婚。以后男的也许会放荡几时，玩得厌了，另外结婚。女的也许致力于事业方面，也许很快就嫁人，是祸是福且不管它，总之他们都还是会活下去的。所可怜者无非是这几个孩子，薇薇跟着她老弱的祖母，不知能够过得多久？菱菱虽然拿了手帕包起玩具来说要跟着妈妈去，但结果还是跟不成，留在家中让佣人们带着，自然不免好好歹歹。元元则是根本不认识母亲，大起来也许会听信爸爸的宣传说你娘如何如何不好，也许是只凭幻想把妈妈看作天上神明——自然这些观念都属不对，不对就不对吧，可也绝没有法儿。

据一位朋友告诉我说：某小学教师曾出一作文题目曰"我的家庭"，其中有一个女学生叙述得很好，说她的父母是如何如何相爱，家庭空气是和暖的，生活是快乐的，教师起初还信以为真。不料后来经打听结果，原来她的父母是离婚的，她起初跟父亲住，后来因继母虐待不过，便偷自逃出来跟母亲了，再后来母亲也另嫁人，继父虽然待她甚好，但孩子家也知道没面子，居常快快不乐，不大出来同别的孩子玩，更不肯让同学们走到她家里去了，她的功课是好得很——原来孩子们也希望父母能永久在一起快乐幸福的。

我不能想象一对男女在签离婚据的刹那，将如何的想起从前披礼服缓步入席时众人都纷纷站起来，把红绿纸屑一齐向他们纷丢，飘得满堂都是，再加大的孩子们笑呀跳呀嚷：看哪！新娘来了！新郎来了！于是他们便含羞微笑着，仿佛两人在一起已成为宇宙中心了——然而现在这整个的宇宙便如此容易破坏！

我带着十二万分惋惜与同情之感来写完这篇《结婚十年》，希望普天下夫妇都能够互相迁就些。可过的还是马马虎虎过下去吧，看在孩子分上，别再像本文中男女这般不幸。

最后，我得谢谢知堂先生题签，王柳影先生画封面。

关于我

——《续结婚十年》代序

关于我的一切，其实是无须向人申诉的，不过我有一种心直口快的坏脾气，话在胸中淤塞得长久了，不吐不快，想想还是趁这次印新书的机会，把它原原本本的说一番吧。

我是一个平凡的女人，也乐于平凡，初无什么出类拔萃的大志。在念书的时候，因为家里穷，学校所在地又偏僻，没有什么可消遣的，只得看些书，而所看的书又是新文艺居多数，于是也就试着投稿，居然有几篇被采用了，心中自然高兴，但决没有做一个终身写作者的愿望，这是我的写文章的开始。

在三十一年冬，夫妻不幸反目了，连最低限度的生活

226

费都拿不到。那时候大的孩子是七岁，小的孩子尚在襁褓中，一家五口连娘姨在内都要我设法养活，当时我也想找个中学教书的职业，然而人家嫌我没有毕业文凭，碍难留用。好容易靠一个朋友帮忙，在某私立中学弄到一个代课教员的位置了，说明下学期可以正式聘用，我是只要有薪水可赚，代课与正式的名分差别倒是不计较的；不料到了第二学期，那个中学的校长到内地去了，遗缺由我的一位至亲长辈升任，这位长辈乃是个善于避嫌疑的正人君子，他做了校长以后除把自己的几个女儿侄子辈统统发配为公费生后，想到人言可畏，便把我的代课教员一职取消了。"你是一个现成的少奶奶，又何必辛辛苦苦出来赚铜钿呢？"他说。

我失业了。要在社会上找一个立锥之地，真是不容易的。丈夫的回心转意既迟迟不可期，而孩子们嗷嗷待哺的情形倒是不容忽视，如何是好呢？我只得又想到投稿了。

这时候上海已成为沦陷区，所谓正义文化人早已跟着他们所属的机关团体纷纷避往内地去了，上海虽有不少报章杂志，而写作的人数却大为减少起来，我试着去投稿，自然容易被采用了。我投稿的目的纯粹为了需要钱，虽也略受朋友怂恿，我知道此乃人家对我的好意，替我设法解决吃饭问题哪。不过我在以前写文章署名总用"冯和仪"

的，从那时起便改用"苏青"了，倒也不是怕有什么罪行会给地下工作同志调查去，因为当时我的确从未听见过有这么一个组织的名称，更不知道他们究竟钻在地下第几层。总之我是因为不大愿意用真姓名，所以才用这个新笔名的。我的意思大概是预备把卖稿当做一个短时期的生活方法，不久以后仍希望能有固定的职业，有固定的收入可以养活自己和孩子。

文章愈写愈多起来了，"苏青"这个名字也渐渐的有人知道了，而我所想找的固定职业还是没有找到。于是，我只好死心塌地地做职业文人下去了。在这里，我还要郑重声明：当时我是绝对没有想到内地去过，因为我在内地也是一个可靠的亲友都没有的。假使我赶时髦似的进去了，结果仍旧卖文，而且我所能写的文章还是关于社会人生家庭妇女这么一套的，抗战意识也参加不进去，正如我在上海投稿也始终未曾歌颂过什么大东亚一般。

我的文章是我的文章，发表在什么地方只得由它去吧。据说艺术家之类是应该"爱惜羽毛"的，但我实实在在却只求果腹，换句话说便是"吃饭第一"，试问身先不存，毛将焉附？这也是古人曾经说过，不是我自己杜撰出来的。

后来我也出过书，是自己印的，总算承读者不弃，让我稍稍赚些钱。我的书先后共有四本，第一本是三十三年四月出版的《浣锦集》，共收散文五十余篇，计二十余万字；第二本是同年七月出版的自传体小说《结婚十年》，计十余万字；其他尚有《涛》与《饮食男女》两本是在次年出版的，也即是所谓胜利到来的一年了。当时卖书所得的钱自然是"储钞"，这大概就是我后来大受攻击的原因；不过在事实上我对于储钞倒也并没有什么偏爱，只为当时在上海购米买煤非用此钞不可，我既不肯饿死在黄浦滩上，又怎能义不使用伪币呢？就是胜利后半年之中，我的书款也还是法币，关金与伪钞兼收的，现在自然只收前二者了。以后若果发行"孙票"或什么的，我亦从众取用无闲言，先此声明一下，免得将来再招骂。

储钞二百折一的换成法币了，身为沦陷区人民之一的我，经济方面自然大为拮据起来。同时售书方面又发生波折，据说在某一个清晨，有某某团团员数人，在某报摊上取去了几本《结婚十年》，说是这书有毒素的，且让他们拿去看一看再说。报贩哭丧着脸来对我讲了，要我承认这笔损失账，我不能断定这是他掉枪花呢还是真有其事，总之是毫无佐证的，我不能吃这个亏。于是我便通知他们，谁不愿卖这本书的，可以退还给我，点明册数付现钞，决不少你们半文钱。这样陆续便退下了一千多本，我也照数全收，堆在自己的房间里。不料过了几天他们又说此书是

"色情的"，与政治无关了，书贩们纷纷再来批购，说是内地来的人很爱读此书，我又收回了全数现款，风潮总算过去了。

其间也有许多小册子对我作个人的攻击，加上连环图画，绘得恶形恶状的。千篇一律的话大概是讲到私生活之类，例如与某某有关系啦，借什么敲一笔大竹杠啦，以后又广蓄面首啦……把一个艰苦写作的女文人当做放荡不堪的妖妇来描写，在我简直是梦想不到的事。于是大部分人以耳代目，"苏青"两字遂为人所不齿，连带一般冰清玉洁的女作家都遭殃，普遍的被人当做讥笑的对象。记得有一本《前进妇女》里索性老实不客气的称我为"文妓"，主张要求国府"严惩"，罪状据说是："霸占文坛，造成一种荒糜的文风……奴化上海妇女的思想，麻木反抗的意识，使人们忘却压迫，忘却血的现实"云云。文章的结尾还说应该"销毁她的旧作，禁止这类含有毒素的书籍的发行和流通"，这倒使我着实吃了一惊——非为别的，乃恐断绝生计事大，身边尚有幼儿三名须养活也。结果总算此本刊物销路不广，而且神龙见首不见尾的创刊号以后便没有下文了，国府要人来不及注意，因此拙作尚得苟延残喘迄今，亦云幸矣。

至于一般小报的妙论，更是说不尽了。不过我对于它们倒还相当谅解，因为它们本来是"如此这般"的，现在仍旧把我如此这般说，只要于它们的销数有些好处，我是虽非君子却也乐于成人之美。它们专谈我或旁及于我的东西剪集起来可以贴成数巨册，可惜我也没有如此做，因为这种"鳞爪"留起来毕竟也算不得什么荣宗耀祖之事。有几段我看了也大笑，仿佛这是在谈别人的事，如"苏青听见胜利和平了便大哭三日夜，眼泪哭出十大缸"啦，或"苏青把家具什物整整装了六辆卡车不知逃往何处去"啦，其实我自离婚后便住在目前所住的公寓里，既没有大量金条去顶屋，虽欲乔迁安可得乎？有一个时期的确不大出来玩，原因是舍不得车钱，故不克每日挨门造访各小报馆说是："苏青在这儿呢，没有逃走掉……"

分析所有谩骂的种类，大概不外乎：

（一）丑诋我之文章为色情作品者，这也不仅小报界诸公是如此说，就是《文汇报》三十四年九月六日创刊号中也有这么一段："……至于色情读物，年来更见畅销，例如所谓女作家苏青和×××，她们颇能在和平作家一致的支持下引起了上海人普遍的注意，其实她们的法宝只有一个：性的诱惑！"我很奇怪自己的作品里面什么地方是含有"性的诱惑"的，找来找去找不到，后来还是看到别处所引述几段，如："女人爱男人的最小部分"啦，"正待入港，未知深浅"啦，大概就是所谓色情句子的代表了，这就怪不得有人说某女作家对于文学上没有什么贡献，对于生理学上倒是颇有贡献的。殊不知我的四本书里却是绝对没有这些警句，殊未便掠人之美，这是应该声明的。也许稍稍相似一些倒也有这么一句的，就是我说："女子不大可能爱男人，她们只能爱着男人遗下的最微细的一个细胞——精子，利用它，她们于是造成了可爱的孩子，永远安慰她们的寂寞，永远填补她们的空虚，永远给予她们以生命之火。"原文所说"只能爱着男人遗下的最微细的一个细胞"所指乃是孩子，改成"爱男人的最小部分"，似乎是说某部分了，相差自然很远的，这就无怪乎未读过原文的人的误会了。

（二）因文章意义的误会而想象我日常生活很浪漫者。譬如我说一句："现在职业妇女的待遇真是太菲薄了，简直还比不上一个普通的妓女。"于是有人便说"苏青羡慕做妓女"了。再传又成为"苏青已经做妓女"。又因做妓女不免可以发些财，造谣的人似乎心有所不甘，这就转为"苏青做妓女而没有人要"了。没有人要似乎就是丑陋之故，于是把我写得很不堪，许多小报小册子不知从何时起又说我是缠过脚的，于是又有"矾落知多少，年来受折磨，行时行，坐时坐，磕着砖头一块手频搓"等妙词来了。然而在事实上，不但我自己生来未裹过脚，连我的五十多岁老娘也是六寸圆肤，从没有"鞋裁革""袜裹罗"这种旖旎风光的，合并声明如上。还有一点附带在此提几句，便是以前似乎也还有些报章杂志说我"沉默寡言笑""举止端庄""服饰大方入时"云云，自然这也是谬赞之辞。不料胜利以后，"艳秘""秽史"等小册子流行起来了，一般人对我的印象大变，甚至于有人拟之为"马寡妇开店"中的马寡妇，也有人破口大骂为"劳合路上的夜莺都不如的"，想见其振笔直书时之怒发冲冠样子，若是对面骂起来，一定会唾沫四溅的，想想还是听之为妙，好在事实上我也始终没有去过劳合路，更没有在夜宿店中勾引过正人君子如狄仁杰之流，于心无愧，笑骂且由他去笑骂罢了。再说得通俗一些，便是当他"放屁"。后来又有些人从所传关于我的品行的不堪而联想到面貌衣饰之不堪，幸而我虽然生得难看，却是什么残疾也没有，麻皮，歪嘴，独只眼之类的绰号毕竟加不到我的头上来，于是就在一句笼统的"不好看"定评下细细挖苦服装了，譬如我在夏天穿一件白纺绸衫，下系蓝色西装裙，这原是顶普通的打扮，就算外国老太婆穿了这套衣裙也不会贻笑大方的，然而却有洋场才子替它定名曰"童装"，苏青穿了童装赴宴，自然是笑话了。又如冬天怕冷，穿了套流行式样的丝绵袄裤，是黑缎略添碎花的，闲坐在家中穿穿想也无碍观瞻吧。不知道哪位仁兄驾临，给他瞧见了，念头一转便存心由此处捞回车钱，说是"苏青的冬装是顶稀奇的，大红大绿，像唱梨花大鼓的姑娘一般"，令人读了啼笑皆非。因此我常把照片附印在各本书的前面，并不是不知道"藏拙"而愿意"献丑"，不过想表明一下"桀纣之不仁，未如此之甚也"的意思。

（三）最恶毒的一种，就是必欲置我于死地而后快，不仅想把我骂下文坛而已的人，他们即如上述所谓"敌人投降了苏青大哭三日夜"派，仿佛我是一向受敌人豢养的，所以敌人去了我便嚎啕大哭，哭出几大缸眼泪来还不肯罢休。是的，我在上海沦陷期间卖过文，但那是我"适逢其时"，盖亦"不得已"耳，不是故意选定这个黄道吉期才动笔的。我没有高喊打倒什么帝国主义，那是我怕进宪兵队受苦刑，而且即使无甚危险，我也向来不大高兴喊口号的。我以为我的问题不在卖文不卖文，而在于所卖的文是否危害民国的。否则正如米商也卖过米，黄包车夫也拉过任何客人一般。假使国家不否认我们在沦陷区的人民也尚有苟延残喘的权利的话，我就是如此苟延残喘下来了，心中并不觉得愧怍。至于一般骂我的人呢，虽然他们是在"笔名"的掩护下，我们也略能窥得到他们的真面目，有些可说是比我有过无不及，有些虽然另有解释了，不过考查他们的工作成绩，套一句别人说的老话便是："除了钻过防空壕外，也并未做过其他的什么地下工作。"其余还有二种唯恐我之不死的人，便是欠我书款的与同盗印我的著作者。那时候我到"文化街"去讨账，他们就冷言冷语说道："苏小姐你倒没有事吗？"我说："什么事情呢？"他们笑笑："你的朋友不是都给抓进去了吗？"我说："朋友的事又与我有什么相干？就是夷十族，瓜蔓抄也还轮不到我呀？照你这样说来，好像我也有连带被捕的可能了，如此我更要早些收齐欠款，以备必要时充公给国家——总不能白白的好处了你呀！"盗印书的人大概也有这类心理，以为"如今你也奈何我不得"，殊不知在以前我也是奈何别人不得的，在胜利之前，华北不是大量的盗印《浣锦集》《结婚十年》与《涛》吗？不过前次是盗印于敌国浪人之手，这次是盗印于祖国同胞之手罢了，据说这书是含有毒素的，然而他们还是乐于贩别人之毒，呜呼！

闲话休提。却说我眼看到四面楚歌，似乎天时地利与人和三者都没有，还是从此洗手不写了吧。然而事情却也出乎意料的。先是有一位妇女界小领袖来对我说：要我代她写一篇文章，是恭维妇女界大领袖的。"现在且不必说明，"她谨慎从事的说："渐渐的，时机成熟了，我就替你吹嘘，把你的名字告诉她。她可是一个了不起的人，她的……她的好朋友是党政要人。你若能得到她的支援，便一切不成问题的了。"原来是叫我替她做"地下工作"的，天晓得。我没有答应。不久那位妇女界小领袖又来了，说是妇女界大领袖已经知道我的名字，可是很不以为然。"她现在很忙，请她写文章的人很多。"她代为得意似的说："可惜忙不过来。假如你能够代她写一些东西，署名用她的，稿费全给你，她也许渐渐的能够谅解你。"我为什么要得到她的谅解呢？也不稀罕此区区稿费，因此又没有答应她。后来据说那个妇女界大领袖对我的印象很不好，动不动就向别人说："苏青的文章是谁代写的？苏青的朋友是不是……?"原来她也是一个以"君子"之心度"小人"之腹的！

以后又有某大报的主持人来约我喝过几次咖啡，说是拟请我编副刊。"不过名字最好请你暂换一下，"他期期艾艾的说，"好在你们文学家笔名最多，换个把新的也是不在乎吧。"我觉得换笔名便是"心虚"的表现，以后或许愿意换，从前我也常换的，而在此时此地却偏偏换不得，事情就此告吹了。又有某新出的夜报叫我写文章，我因为前车之鉴，便预先声名笔名不改的，他们当时说："好极了，我们正想借大名号召哩。"不料号召之后又来一大串骂，该报的上峰慌了，又同我商量换笔名，我的回答是："文章可以不写，笔名不可更换。"结果又与他们闹得不欢而散了。还

236

是我所深恶痛绝的小报不怕我的名字，又肯出较大稿费，我为了生活，也就替他们效劳了，眼看他们把我的文章排在"木匠强奸幼女"等新闻下面，未免心痛，但却顾不得，所以我每天拿到报纸，就把自己写的一段剪下，其他也不丢掉，在临睡之前读着消遣，仿佛全与我不相干，莲花原是出污泥而不染的呀。自然，我也知道他们并没有什么好意。他们是想以我之被骂为多卖几张报纸打算的，正与大报之唯恐因我之被骂而影响他们的盛名一般，其各为损我利己则一也，我也不是甘为牺牲品，只因米珠薪桂，胜利不会替我带来一些生活费，相反地，物价更高了，我不得不在挨骂声中日以继夜的写下去。

有个文人觉得我实在笨得可以了，因此惋惜地说："便改个名字有什么要紧呢？多少可以让别人平气些。你瞧许多沦陷区里写文章的人都纷纷改名了，只有你还是坐不改姓行不更名的苏青！"善意可感。不过我总觉得改名赖账的方法是有些近乎掩耳盗铃的，苏青觉得《结婚十年》不应该写，便改名为"青苏"了，拿《结婚十年》眨一眼说："这是我的书？"试问见过作者近影的人肯不一嘘而鄙夷之否？还是不想赖掉也罢，苏青就是在沦陷区中出过《浣锦集》及《结婚十年》等书的苏青，要看不要看我的文章，也就让他们去吧。

之后，这个问题不谈了，大家又集中于我的"小气"问题，于是又有"犹太作家"之称。犹太人曾经贪图小利而出卖耶稣，这类事情我从来没有做过。至于不肯滥花钱呢，那倒是真的，因为我的负担很重，子女三人都归我抚养，离婚的丈夫从来没有赔过我半文钱。还有老母在堂，也要常常寄些钱去。近年来我总是入不敷出的，自然没有多余的钱可供挥霍了。我对朋友不常请客，不过也很少跑到别人家里去吃白饭，我不请人看戏玩耍，不过人家邀请我，我总也是心领谢绝的次数居多。记得我在小学读书的时候，是寄宿的，课完毕了，人家回到宿舍里去吃糕饼，我家没有零食寄来，我不肯白吃别人的，又因为人家常常要好意送给我吃，麻烦不过，索性躲到操场角落里去看书了。如今侥幸有了一个蜗居，便不必上操场而可以安安稳稳的躲在房中，我的"不慷慨"并没有影响别人，别人又何必来讥笑我呢？至于讨书款，我的确是一分一厘一毫都不肯放松的，这是我应得之款，不管我是贫穷与富有。有几个店员常常对我说："苏小姐，你还在乎这几个钱吗？"这话实在很不通的。我当然不便把油盐柴米账以及房租付价单之类都带去给他们看，请他们审核一下我目前究竟是否需要钱；即使不需要吧，总也不见得便不应该讨了。书店要考虑的只是应该不应该付，应该付的账就应该让我讨，这有什么犹太不犹太呢？就是顶慷慨顶受人崇拜的友邦总也不见得专送货色给人家而不收取应收的款项吧？还有无赖的书贩往往说："今天没有，你一定要末，我便跟你进警察局去。"说毕拾起帽子，装出准备跟我走的样子。在他们的意思似乎是看准我犯着弥天大罪，决不敢自投罗网进警察局的。殊不知警察局我是早进去过了，就在失窃的那天，给人家再三盘问，唯恐我有谎报实情，后来虽不曾替我查出窃犯，或者是索性连查都没有查过，不过把失主扣押起来等事情幸而还不曾发生过，所以欠我书款的人一定要逼我报告警察局，我倒是不会害怕什么的。不管人家如何说我小气，我还是继续讨我应得的款项。即使我将来做了富人或阔太太了，也还是要讨的，若不要钱便干脆不出书，否则我行我素，绝不肯因贪图"派头甚大"的虚名而哑子吃黄连的。我近来也学得精明了，我的精明只是自卫的，从来没有侵占过别人的利益，譬如说付账吧，我倒是顶爽气，从不曾少人一分一厘一毫，也没有挨过一天是一天的念头。这是我的做人的态度。

　　三四年以来，我是一向自食其力的职业女性。我也可能用不正当的手段换得较好的物质享受，然而我没有这样做过，因为我有自尊及尊重别人的心。别人也许在公德或私德方面有亏，只要他待我不错，我总没有利用他的心。

我不像一般聪明人的想法："奸人的财产落得用，因为骗取了以后，仍旧是臭名声归于他的，好名声归于我的。"相反地，人家倒有利用过我，非法取过我的东西，例如失窃全部积蓄，使我陷入更窘之境，然而还有一般幸灾乐祸的文人说："谁叫她平日如此小气的，如今一次给偷光了，活该!"简直是同小偷一鼻孔出气的论调。

旧账算下去永不会完，我也只好套句俗语说"纸短情长"，还是打住了吧。今天是旧历元旦，家里冷清清的，没有一个人上门。我自己也只拜过三家年，一个是我所敬佩的祖辈先生，其他两家则是男主人在监禁中，太太及孩子们想也够凄凉的，我若不去了，她们不知道我是到处不拜年的，以为我乃势利或什么了，故我不得不去循俗行一番。但愿她们的丈夫明年平安无事了，我也就恕不再造府来"恭喜"，情愿自在房间里睡觉。周围的邻居们都是舞女及交际花居多，她们从去年年底起，便请客打牌的忙个不了，用人赚了不少外快，大家算起收入时，我真愧对我家的沈妈。就是孩子们也没有添一件新衣，亏得天落雨，我告诉他们说还是穿旧衣服免得弄龌龊了，给人家听起来仿佛箱里还锁藏着什么小袍褂儿似的。这是一个辛苦写作的女文人应受的报酬吗？如此寂寞，如此凄凉地。假如我的私生活真如各小报小册子中所说敲过多少男人竹杠也就好了，

240

至少可以买几只大爆竹来乒乓放几声出出气，让孩子们也可以眉开眼笑地拍手呵呵乐一阵，可惜的是我连这些爆竹费都仍须"小气"而舍不得花费，闷坐在阴冷的房里，我只好翻翻旧报，发觉里面所提起的"苏青"恐怕绝对不会是我，而是另外有这么一个很不堪的，然而实际生活却是比我可羡慕得多的女人！

《续结婚十年》快要出版了，我把这些话写在前面，知我罪我，也就在于亲爱的读者了。

名家散文

鲁迅：直面惨淡的人生

胡适：天下没有白费的努力

许地山：爱我于离别之后

叶圣陶：藕与莼菜

茅盾：斗争的生活使你干练

郁达夫：夜行者的哀歌

徐志摩：我有的只是爱

庐隐：我追寻完整的生命

丰子恺：我情愿做老儿童

朱自清：热闹是它们的，我什么也没有

老舍：有朋友的地方就是好地方

冰心：繁星闪烁着

废名：想象的雨不湿人

沈从文：每一只船总要有个码头

梁实秋：烟火百味过生活

林徽因：你是人间的四月天

巴金：灯光是不会灭的

戴望舒：我的心神是在更远的地方

梁遇春：吻着人生的火

张中行：临渊而不羡鱼

萧红：我的血液里没有屈服

季羡林：微苦中实有甜美在

何其芳：紧握着每一个新鲜的早晨

孙犁：人生最好萍水相逢

琦君：粽子里的乡愁

苏青：我茫然剩留在寂寞大地上

林海音：唯有寂寞才自由

汪曾祺：如云如水，水流云在

陆文夫：吃也是一种艺术

宗璞：云在青天

余光中：前尘隔海，古屋不再

王蒙：生活万岁，青春万岁

张晓风：年年岁岁岁岁年年

冯骥才：生活就是创造每一天

肖复兴：聪明是一张漂亮的糖纸

梁晓声：过小百姓的生活

赵丽宏：闪烁在旷野里的微光

王旭烽：等花落下来

叶兆言：万事翻覆如浮云

鲍尔吉·原野：为世上的美准备足够的眼泪